하브루타 학습법으로 생각을 키우는

독서논술

저자 박현창

한양대학교 국어교육과를 졸업하고 독서교육의 선구자인 박영목 교수님을 사사했습니다. 대학 졸업 무렵 은사의 권유로 국어 교재 연구에 뛰어들었고, 국어 교재 기획과 개발에서 영향력 있는 전문가로 활동하고 있습니다.

저서로는 〈기적의 독서논술〉 전 12권, 〈어휘 바탕 다지기〉 전 4권, 〈한자 어휘 바탕 다지기〉 전 4권, 〈퀴즈 천자문〉 2,3권, 〈퍼즐짱 한자박사〉가 있습니다.

재능한글, 재능국어 초중등 프로그램, 재능국어 읽기 학습 프로그램, 제6차 교육과정 고등학교 독서 교과 2종을 개발하였고, 중국 선전 KIS 국제학교 교사, 중국 선전 삼성 SDI 교육 자문 위원으로 활동했으며, 하브루타 창의인성 교육연구소 이사로 활동 중입니다.

저자 장성애

교육학을 연구하고 물음과 이야기가 있는 개념 있는 삶을 지향하는 하브루타 코칭과정을 개발했습니다. 독서, 학습, 토론, 상담, 머니십교육 등을 진행하며 마음샘 교육심리 연구소와 하브루타 창의인성 교육연구소 소장으로 활동 중입니다.

저서로는 〈영재들의 비밀습관 하브루타〉, 〈질문과 이야기가 있는 행복한 교실〉(공저), 〈엄마 질문공부〉가 있습니다.

유아부터 성인까지 다양한 학습자들을 만나면서 부모 교육과 교사 연수를 비롯해 각 교육 기관, 사회 기관, 기업 등에서 강의하고 있습니다.

초판 발행 2021년 4월 16일

글쓴이 박현창, 장성애
그린이 박정제, 이성희, 김청희
편집 이정아
기획 한동오
펴낸이 엄태상
디자인 이건화
마케팅 본부 이승욱, 전한나, 왕성석, 노원준, 조인선, 조성민
경영기획 마정인, 최성훈, 정다운, 김다미, 오희연
제작 조성근
물류 정종진, 윤덕현, 양희은, 신승진
펴낸곳 시소스터디
주소 서울시 종로구 자하문로 300 시사빌딩
주문 및 문의 1588-1582
팩스 02-3671-0510
홈페이지 www.sisostudy.com
네이버 카페 cafe.naver.com/sisasiso
인스타그램 instagram.com/siso_study
이메일 sisostudy@sisadream.com
등록일자 2019년 12월 21일
등록번호 제2019-000149호

ISBN 979-11-91244-18-2(64800)

머리말

우리 아이들이 이미 접어들었고 살아가야 할 세상을 흔히 지식정보화 사회, 지식혁명의 시대라고 합니다. 그래서 고도의 이해와 표현 능력, 논리적이고 창의적인 듣기 · 말하기 · 읽기 · 쓰기가 요구됩니다. 사회와 학교에서 국어 교육의 중요성을 새삼 인식하게 된 까닭이 여기에 있습니다. 논리적이고 창의적인 언어 사용이란 이치에 맞게 조리 있게 말과 글을 쓰는 것이고 나아가 이미 존재하고 있었으나 미처 깨닫지 못했던 이치를 발견해 내는 것입니다. 요약하면 지식과 지혜입니다. 지식이 아는 것이라면 지혜는 그 앎을 적용 또는 활용하는 것입니다. 이 시대는 지식에서 추출하고 정제한 지혜가 더욱 필요한 때입니다. 지혜로운 듣기 · 말하기 · 읽기 · 쓰기가 세상과 사람에 대한 근본 원리를 이해하는 데 값어치를 합니다.

그러나 국어 교육이 여전히 지혜보다는 지식에 편중되어 있음이 참 안타깝습니다. 지식을 외고 저장하기에 정신없이 바쁩니다. 물론 지혜의 바탕은 지식입니다. 하지만 딱 지식에만 머물러 있어서 교육에 들이는 노력과 비용이 아깝기만 합니다.

지향할 가치가 바뀌었으니 당연히 그것을 성취할 방법과 평가도 바뀌어야 합니다. 이전 세대에게 적용되었거나 써먹었던 가치, 방법과 평가가 주는 익숙함의 관성을 탈피해야 합니다.

논리적이고 창의적인 사고력은 사실 아이들이 어른들보다 훨씬 낫습니다. 서너 살 먹은 아이들을 보세요. 무엇인가 끊임없이 묻고 이해하려 듭니다. 그리고 시인의 감수성에 버금가게 감동적으로 표현합니다. 다만 어른들이 이해하지 못하고 받아들이기 껄끄러워할 뿐입니다. 어른들의 생각맞춤법에 어긋난다고 하여 얕잡아보고 무시해 왔지만 철학은 언제나 그들의 논리와 창의가, 지식과 지혜가 마땅하고 새삼 놀랍다고 증명합니다.

그래서 해결책은 의외로 뻔하고 쉽습니다. 아이들에게 마음껏 의견을 내놓고 따지고 판단하는 토론의 멍석을 깔아주는 것입니다. 여기에 딱 한 가지 '고도'의 기술이 필요하기는 합니다. 아이들의 듣기 · 말하기 · 읽기 · 쓰기와 이를 바탕으로 한 토론에 그저 토닥토닥 격려하고 긍정의 추임새를 넣어주며 존중해 주는 것입니다. 그래서 이 책을 내놓습니다.

저자 **박현창**

우리 책을 소개합니다.

진짜진짜 독서논술은 어떤 책인가요?

질문과 대화, 토론과 논쟁을 통해 창의적으로 답을 찾는 하브루타 학습법을 도입한 독서논술 학습서예요. 주어진 논쟁거리에 자유롭게 묻고 답하며 생각을 마음껏 키울 수 있어요. 더불어 읽기와 쓰기, 어휘 문제를 풀면서 국어력도 키워 줘요.

진짜진짜 독서논술은 언어 능력을 개선해서 사고력과 창의력을 키워 말과 글로 자기 생각을 표현할 수 있는 능력을 기르는 학습서예요.

하브루타 학습법이 무엇인가요?

하브루타는 짝을 지어 서로 질문을 주고받으며 공부한 것에 대해 논쟁하는 유대인의 전통적인 토론 교육 방법이에요.

정해진 답을 찾는 게 아니라 쟁점에 대해 다양한 생각과 시각을 나누는 창의적인 학습법이죠. 질문을 주고받는 과정에서 자신이 아는 것과 모르는 것을 인지해서 부족한 점을 보완하는 메타인지 능력도 키울 수 있어요.

하브루타 학습법은 사고력을 기르는 데 적합한 공부 방식으로, 우리 책은 토마토 모양에 하브루타식 질문을 담았어요.

3 왜 토마토 모양에 하브루타식 질문을 넣었나요?

토마토는 '토닥토닥 마음껏 토론하기'를 줄인 말이에요. 하브루타 토론을 마음껏 해 보기를 바라는 마음을 담은 표현이지요. 질문은 다섯 가지 유형으로 나눠지는데, 이 유형은 바로 사고력을 다섯 가지로 구분한 거예요. 사고력의 다섯 가지 유형은 다음과 같아요.

사실적 이해	추론적 이해	비판적 이해	창의적 이해	논리적 이해

토닥토닥 마음껏 토론해 봐

사고력의 다섯 가지 유형을 소개합니다.

사실적 이해

읽은 내용을 사실 그대로 이해하고 표현하는 것

2 공 선생님은 나라를 다스리려면 백성들에게 무엇을 가르쳐야 한다고 했나요? 알맞은 낱말을 쓰고, 한자도 따라 써 보세요.

(孝)

자식(子)이 늙은(老)부모를 업고 있는 모습으로, 어버이를 잘 섬기는 일을 뜻합니다.

추론적 이해

직접 드러나지 않은 내용이나 생략된 부분을 이해하고 표현하는 것

2 다음 문장에서 밑줄 친 부분을 다른 말로 바꿔 써 보세요.

아무리 기도해 봐도 사바지오스 신은 꿀 먹은 벙어리였어요.

아무리 기도해 봐도 사바지오스 신은

비판적 이해

일정한 기준에 따라 옳고 그름, 좋고 나쁨을 가치 판단하는 것

4 알렉산드로스가 온 세상을 다스리는 대왕이 될 자격이 있다고 생각하나요? 자신이 생각하는 대왕의 자격을 써 보세요.

대왕이 될 자격은

그러므로 알렉산드로스는 대왕이 될 자격이 (있다 , 없다).

논리적 이해

원인과 결과를 논리적인 규칙과 형식에 맞게 이해하고 표현하는 것

4 계환자는 왜 이번 사건이 딱하다고 할까요? 알맞은 이유를 써 보세요.

아버지와 아들이 서로 맞고소한 사건이라서 딱해요. 왜냐하면

창의적 이해

읽은 내용을 바탕으로 상황과 조건에 맞게 생각을 창조하고 표현하는 것

4 황금 뇌를 가진 사나이 이야기를 책으로 만든다면 어울리는 제목은 무엇일까요? 이야기를 잘 표현할 수 있는 제목을 지어 보세요.

무엇을 읽고 문제를 푸나요?

읽는 건 정말 중요해요. 하지만 **무엇**을 읽는지는 더 중요해요. 선별되지 않은 글을 마구잡이로 읽으면 오히려 **독해력**을 기르는 데 방해가 되죠.
진짜진짜 독서논술은 오랫동안 읽혀 충분히 검증된 글감을 선택했어요. 또한 어린이 연령에 맞게 새롭게 각색해서 재미있게 술술 읽을 수 있어요.

어떤 글감을 골랐나요?

2015개정 교육과정은 창의융합형 인재가 갖춰야 할 여섯 가지 핵심역량을 제시했어요. **자기관리 역량, 지식정보처리 역량, 창의적 사고 역량, 심미적 감성 역량, 의사소통 역량, 공동체 역량**이에요.
진짜진짜 독서논술은 이 핵심역량을 기르는 데 적합한 글감을 선별했어요. 창의융합형 인재로 성장하는 데 필요한 스스로 활동에 참여하고 주제를 탐구할 수 있는 글감을 골랐어요.

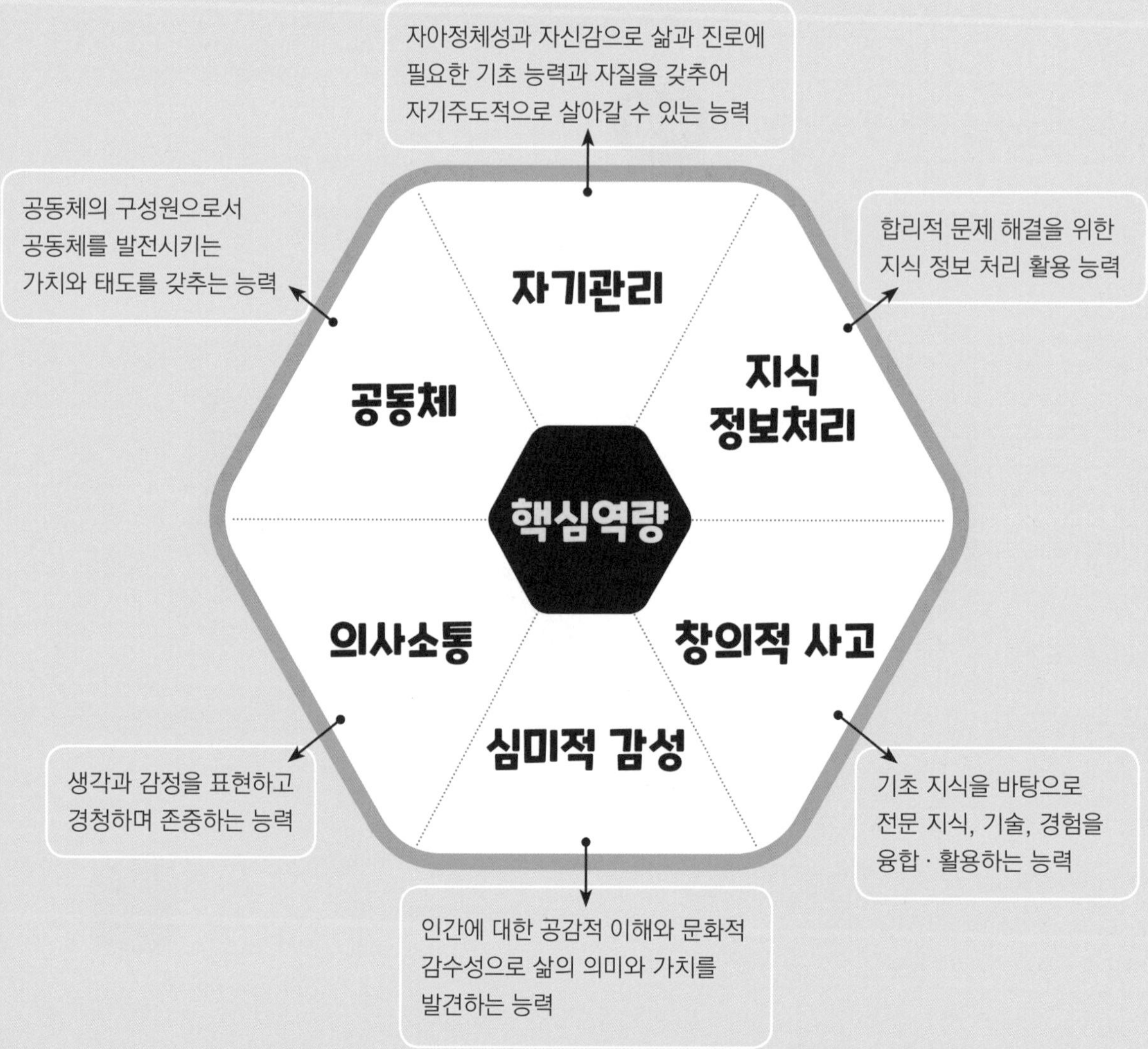

핵심역량

- **자기관리**: 자아정체성과 자신감으로 삶과 진로에 필요한 기초 능력과 자질을 갖추어 자기주도적으로 살아갈 수 있는 능력
- **지식 정보처리**: 합리적 문제 해결을 위한 지식 정보 처리 활용 능력
- **창의적 사고**: 기초 지식을 바탕으로 전문 지식, 기술, 경험을 융합·활용하는 능력
- **심미적 감성**: 인간에 대한 공감적 이해와 문화적 감수성으로 삶의 의미와 가치를 발견하는 능력
- **의사소통**: 생각과 감정을 표현하고 경청하며 존중하는 능력
- **공동체**: 공동체의 구성원으로서 공동체를 발전시키는 가치와 태도를 갖추는 능력

7

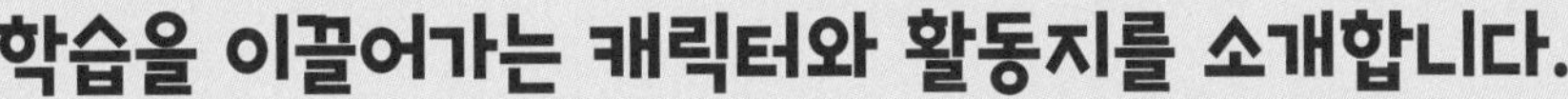

학습을 이끌어가는 캐릭터와 활동지를 소개합니다.

진짜진짜 독서논술은 창의융합형 학습을 주도적으로 해낼 수 있는 학습서예요. 학습이 어렵지 않도록 도움을 주는 캐릭터가 등장해요. 친근하고 재미있는 캐릭터를 따라가면서 즐겁게 학습할 수 있어요. 문제 해결에 도움을 주는 활동지도 있어요. 활동지를 적극적으로 활용하면서 학습에 도움을 받을 수 있어요.

이야기나라를 다스리는 가라사대왕은 너무 바빠요. 그래서 사건을 해결해 줄 어린이를 찾아 가리사니로 임명하지요. 가리사니는 사물을 판단하는 힘이나 능력을 뜻해요. 우리 친구들이 가리사니가 되어 이야기나라의 문제를 해결해 보는 거예요.

학습을 도와줄 친구도 있어요. 눈도 크고 귀도 커서 보고 들은 것이 많은 똑똑한 뿌토예요. 뿌토가 문제와 활동마다 등장해서 도움을 줄 거예요.

이야기의 줄거리를 미리 그림으로 살펴보는 활동지예요. 재미있는 그림을 보여주는 요지경 장난감처럼 진짜진짜 독서논술의 요지경도 즐거움이 가득해요. 직접 요지경을 만들고 재미있게 살펴보세요.

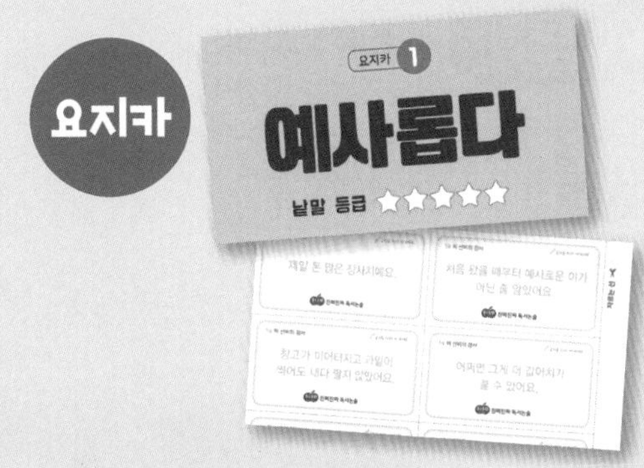

이야기에서 다룬 어휘를 선별해서 모아 놓은 낱말 카드예요. 요지카의 어휘는 **서울대 국어 연구소**에서 제시한 **등급별 국어 교육용 어휘**에서 선별했어요. 난이도에 따라 별등급을 매겨 놓았어요.

우리 책의 구성을 소개합니다.

읽기 전 활동

준비하기

준비하기 장사 솜씨

너구리가 원숭이에게 가죽신을 팔았는데 방법이 좀 이상해. 너구리의 장사를 어떻게 생각하는지 동그라미 치고 그 까닭을 말해 봐.

20

이야기를 이해하기 위해 배경지식을 확인하며 이야기에 대한 호기심을 높이는 활동

훑어보기

훑어보기 첫 번째 요지경

기라사대왕이 이야기나라의 보물, 요지경을 선물로 주었어. 요지경을 보면서 무슨 일이 벌어졌는지 짐작해 보자.

먼저, 활동지에 있는 요지경을 직접 만들어 보자. 활동지 1~4쪽

요지경에 있는 그림을 요리조리 살펴보자.

1장 허 선비의 장사 21

이야기에 나오는 그림을 먼저 보고 내용을 상상해 보면서 이해를 높이는 활동

읽기 활동

들어보기

들어보기 이야기를 읽으면서 중요한 낱말은 요지키로 익혀 보자. 초성으로 제시된 낱말을 찾아 색칠해 봐. 활동지 17쪽

변 부자 이야기

어제 돌아온 허 선비가 이백만 냥을 내놓더군요. 빚을 갚는다면서요. 까맣게 잊고 있었는데 내게 돈 만 냥을 빌려 간 지 한 오 년쯤 되었더라고요.

차림을 보니 처음 봤을 때와 다름없어서 돈을 다 날아버린 줄 알았는데 꾼 돈을 이백 배로 갚을 줄은 정말 몰랐어요. 처음 돈을 꾸러 왔을 때부터 예사로운 이가 아닌 줄 알았지만 참 놀랍기만 했어요.

허 선비는 처음 봤을 때부터 남달랐어요. 한양에서 제일 돈 많은 장사치가 변 부자라는 이야기를 듣고 나를 찾아왔더라고요. 허 선비는 자기가 일을 좀 벌이려 하니 만 냥을 꿔 달라고 하더군요. 내게 돈을 꾸러 온 사람은 돈이 왜 필요한지, 뭘 하려고 하는지 주절주절 늘어놓기 마련인데 허 선비는 그게 전부였지요.

22

주제를 생각하며 이야기를 직접 읽는 독해 활동

따져보기

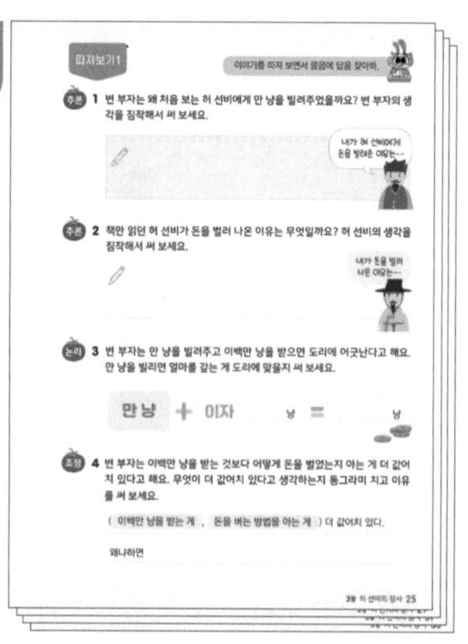

따져보기1 이야기를 따져 보면서 물음에 답을 찾아봐.

추론 1 변 부자는 왜 처음 보는 허 선비에게 만 냥을 빌려주었을까요? 변 부자의 생각을 짐작해서 써 보세요.

추론 2 책만 읽던 허 선비가 돈을 벌러 나온 이유는 무엇일까요? 허 선비의 생각을 짐작해서 써 보세요.

논리 3 변 부자는 만 냥을 빌려주고 이백만 냥을 받으면 도리에 어긋난다고 해요. 만 냥을 빌리면 얼마를 갚는 게 도리에 맞을지 써 보세요.

만 냥 + 이자 냥 = 냥

조정 4 변 부자는 이백만 냥을 받는 것보다 어떻게 돈을 벌었는지 아는 게 더 값어치 있다고 해요. 무엇이 더 값어치 있다고 생각하는지 동그라미 치고 이유를 써 보세요.

(이백만 냥을 받는 게 , 돈을 버는 방법을 아는 게) 더 값어치 있다.

왜냐하면

3장 허 선비의 장사 25

사고력을 기르는 하브루타식 문제를 풀어보며 토론해 보는 활동

- **읽기 전 활동:** 내용을 짐작하고 관련 정보와 사전 지식을 검토해 보는 활동
- **읽기 활동:** 이야기를 읽고, 문제를 풀며 사고력을 높이는 활동
- **읽은 후 활동:** 이야기를 창의적, 논리적으로 해석하며 생각을 키우는 활동

읽은 후 활동

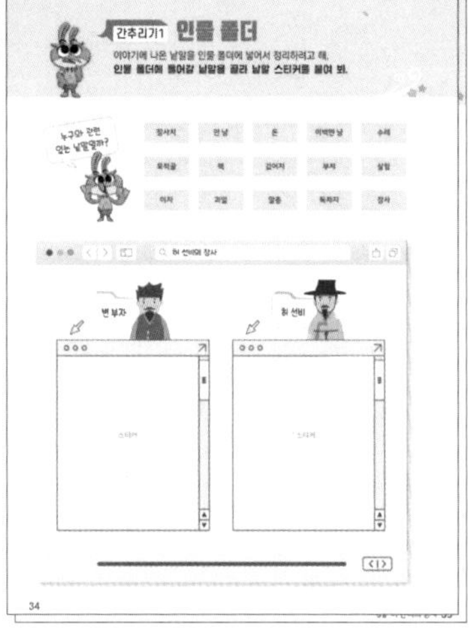

내용을 잘 이해하고 기억하는지 확인하는 활동

짚어보기

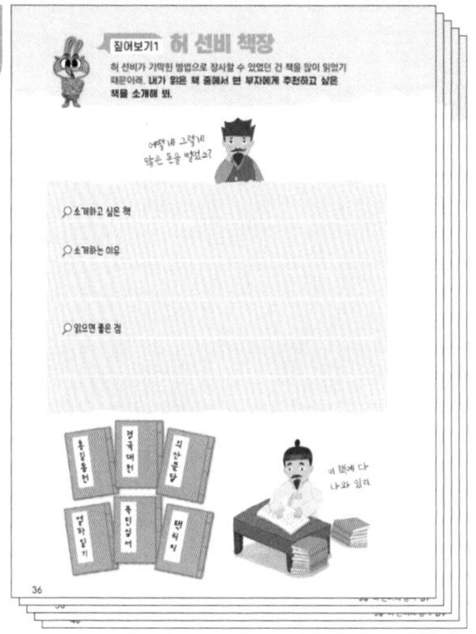

창의융합형 활동으로 창의력을 기르는 활동

보고하기

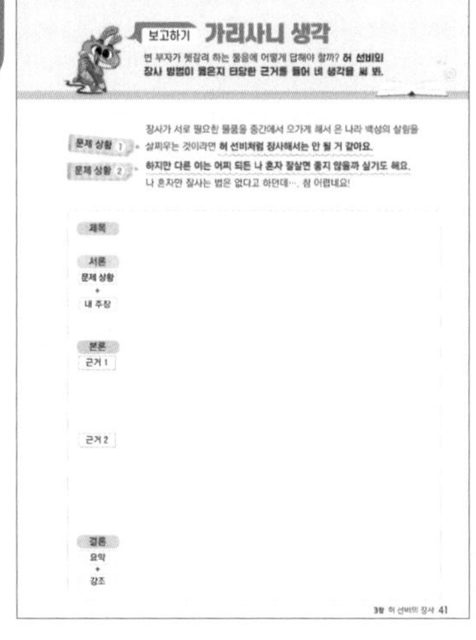

이야기의 주제를 창의적으로 해석해서 글로 표현하는 쓰기 활동

어휘다지기

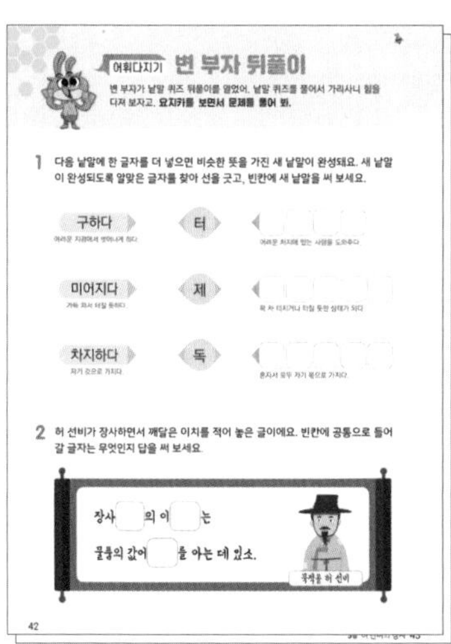

주요 어휘와 낱말을 문제로 풀면서 익히는 어휘 활동

7권과 8권의 커리큘럼을 소개합니다.

권	장	제목	핵심역량	키워드	글감	관련 교과
7	1	**형제와 금화**	지식정보 처리	봉사, 헌신	톨스토이 작품	• [겨울 1학년 2학기] 우리 이웃을 둘러봐요 • [국어 5학년 1학기] 여러 가지 방법으로 읽어요 • [국어 5학년 2학기] 여러 가지 매체
	2	**오줌통**	자기관리	반성, 자아성찰	〈훈자오설〉 중 '요통설'	• [사회 5학년 2학기] 민족 문화를 지켜 나간 조선 • [국어 6학년 1학기] 낱말의 분류 • [국어 6학년 1학기] 속담을 활용해요
	3	**재물의 신과 사랑의 신**	의사소통	물질적 가치, 정신적 가치	오 헨리 작품	• [국어 6학년 2학기] 타당한 근거로 글을 써요 • [국어 4학년 1학기] 내용을 간추려요 • [국어 5학년 1학기] 여러 가지 방법으로 읽어요
	4	**호랑이보다 무서운 것**	공동체	정치, 민심	논어	• [국어 5학년 1학기] 발음이 같거나 비슷한 낱말 구별하여 보기 • [국어 6학년 1학기] 다양한 관점 • [사회 6학년 1학기] 우리나라의 정치 발전
8	1	**허 선비의 장사**	공동체	상업, 경제활동	박지원의 〈허생전〉	• [사회 4학년 2학기] 교류하며 발전하는 우리 지역 • [국어 5학년 1학기] 여러 가지 방법으로 읽어요 • [사회 6학년 1학기] 세계 속의 우리나라 경제
	2	**황금 뇌를 가진 사나이**	자기관리	행복, 불행	알퐁스 도데 작품	• [국어 4학년 1학기] 내용을 간추려요 • [국어 4학년 1학기] 사전은 내 친구 • [국어 6학년 2학기] 타당한 근거로 글을 써요
	3	**공 선생님의 판결**	심미적 감성	인(仁), 효	공자 일화	• [국어 6학년 1학기] 내용을 추론해요 • [국어 6학년 1학기] 속담을 활용해요 • [국어 5학년 2학기] 여러 가지 매체
	4	**고르디아스의 매듭**	창의적 사고	창의적 발상	알렉산드로스 일화	• [국어 5학년 1학기] 글쓴이의 주장 • [국어 5학년 2학기] 지식이나 경험을 활용해요 • [국어 5학년 2학기] 중요한 내용을 요약해요

차례

아따재미 시상식에
오신 것을 환영합니다.
나는 이야기나라의 가라사대왕이에요.
가리사니 여러분들 덕분에 이야기나라가
나날이 재밌어지고 있답니다.
오늘은 그동안 수고한 가리사니들에게
아따재미상을 주는 날이랍니다. 상을 받는
가리사니들에게 많은 축하를 보내 주세요.
다음번 수상자는 바로 여러분이
될 거예요!

아따재미 각 부문 수상 발표

수상자를 발표하겠어요. 모두들 힘찬 박수로 축하해 주세요.

너름새상

헤아림상

애면글면상

기상천외상

SUBSCRIBE

어, 너름새상? 너름새가 뭐야? 아는 분!

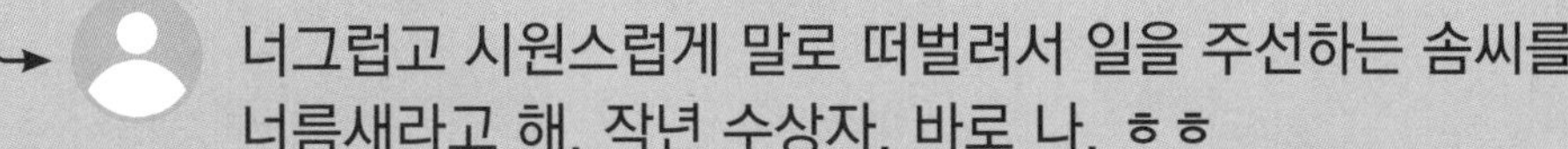

너그럽고 시원스럽게 말로 떠벌려서 일을 주선하는 솜씨를 너름새라고 해. 작년 수상자, 바로 나. ㅎㅎ

애면글면상도 생겼네? 몹시 힘에 겨운 일을 이루려고 갖은 애를 쓰는 모양을 '애면글면'이라고 하던데.

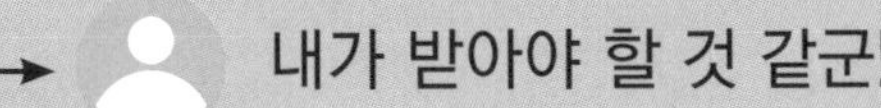

내가 받아야 할 것 같군!

뭐야, 아따재미 시상식? 왜 나는 금시초문이지?

우리도 가리사니가 되어 다음 시상식에 도전해 봐요!

2장 황금 뇌를 가진 사나이
1장 허 선비의 장사
이야기 나라

3장
공 선생님의 판결
4장
고르디아스의 매듭

내가 다스리는 이야기나라는 재미있고 별난 일이 많은 곳이에요. 온갖 동물과 식물, 하늘, 땅, 바다, 심지어는 귀신과 도깨비도 어울려 살아가는 곳이니까요. 하지만 말썽도 많고 따따부따 다툼도 많아요. 별난 물건, 엉뚱한 짐승, 남다른 이들이 모여 사니 그럴 수밖에요.

늘 그렇지만 문제가 생기면 모두들 나를 찾는답니다. 이게 무엇인지, 어떤 게 옳은지, 어느 게 진짜인지 가려 달라고 말이에요. 하지만 나 혼자서는 벅차고 힘들어요. 까다롭고 성가신 문제가 얼마나 많은데요! 그래서 우리 친구들에게 가리사니가 되어 달라고 부탁한 거예요. 가리사니는 여기 이야기나라에서 벌어지는 문제들을 해결해 주는 이야기나라의 관리 같은 거예요. 여러분도 가리사니가 되어서 나를 도와주었으면 해요. 가리사니라는 말은 사물을 판단하는 힘이나 능력을 뜻하는 순우리말에서 따왔어요. 벌써 많은 가리사니들이 이야기나라의 문제를 해결하면서 수많은 보고서를 보내주고 있어요.

어렵지 않냐고요?

걱정하지 마세요. 뿌토가 여러분을 도와줄 거예요.

안녕, 내가 바로 뿌토야.

부엉이처럼 큰 눈에, 토끼같이 귀가 크지? 그래서 처음에 이름이 '부토'였는데, 친구들이 장난스럽게 부르다 보니 **뿌토**가 되었어. 나는 눈과 귀가 커서 그런지 눈썰미도 좋고 잘 들어서 아는 것도 엄청 많아. 내가 가리사니들이 무엇을 따져 봐야 할지 콕콕 짚어 줄게.

가리사니가 되면 요지경과 요지카를 선물로 받을 수 있어. 재미있겠지? 그러니까 나만 믿고 잘 따라와!

요지경은
앞으로 만나게 될 이야기를
그림으로 먼저 보여 주는
요술 거울 같은 거야.

요지카는
중요한 낱말을 익히는 데
도움을 주는 요술 낱말
카드 같은 거야.

1장

허 선비의 장사

관련교과

- [사회 4학년 2학기] 교류하며 발전하는 우리 지역
- [국어 5학년 1학기] 여러 가지 방법으로 읽어요
- [사회 6학년 1학기] 세계 속의 우리나라 경제

한양에서 제일가는 장사치 변 부자가 허 선비의 장사 솜씨를 두고 긴가민가하고 있어. 허 선비의 장사를 어떻게 받아들여야 할지 말해 줘!

준비하기 장사 솜씨

너구리가 원숭이에게 가죽신을 팔았는데 방법이 좀 달라. **너구리의 장사를 어떻게 생각하는지 동그라미 치고 그 까닭을 말해 봐.**

원숭아, 가죽신을 너에게 팔게.

나는 발바닥에 굳은살이 있어서 신발이 필요 없어.

그럼, 가죽신을 그냥 선물로 줄게. 바나나도 한 송이 얹어서.

그래, 좋아.

너굴아, 네 가죽신이 아주 편하더구나. 나에게 가죽신을 또 주렴.

공짜로 줄 수는 없지. 가죽신 값으로 알밤 10톨만 받을게.

너굴아, 가죽신을 또 팔렴. 이제 네 가죽신이 없으면 발이 배겨서 걸을 수가 없어.

이번에는 알밤 10톨에 바나나 한 송이를 더 얹어 줘야 해.

가죽신을 사느라 나도 양식이 부족해.

그거야 내 알 바 아니지.

이번에는 가죽신을 사려면 알밤 100톨을 내야 해.

ㅠㅠ

좋다 나쁘다 모르겠다

훑어보기 첫 번째 요지경

가라사대왕이 이야기나라의 보물, 요지경을 선물로 주었어.
요지경을 보면서 무슨 일이 벌어졌는지 짐작해 보자.

먼저, 활동지에 있는 요지경을 직접 만들어 보자. 활동지 1~4쪽

요지경에 있는 그림을 요리조리 살펴보자.

짐작되지 않거나
궁금한 그림에는 동그라미!

들어보기 이야기를 읽으면서 중요한 낱말은 요지카로 익혀 보자.

초성으로 제시된 낱말을 찾아 색칠해 봐. 활동지 17쪽

변 부자 이야기

어제 돌아온 허 선비가 이백만 냥을 내놓더군요. 빚을 갚는다면서요. 까맣게 잊고 있었는데 내게 돈 만 냥을 빌려 간 지 한 오 년쯤 되었더라고요.

차림을 보니 처음 봤을 때와 다름없어서 돈을 다 말아먹은 줄 알았는데 꾼 돈을 이백 배로 갚을 줄은 정말 몰랐어요. 처음 돈을 꾸러 왔을 때부터 예사로운 이가 아닌 줄 알았지만 참 놀랍기만 했어요.

허 선비는 처음 봤을 때부터 남달랐어요. 한양에서 제일 돈 많은 장사치가 변 부자라는 이야기를 듣고 나를 찾아왔더라고요. 허 선비는 자기가 일을 좀 벌이려 하니 만 냥을 꿔 달라고 하더군요. 대개 돈을 꾸러 온 사람은 돈이 왜 필요한지, 뭘 하려고 하는지 주절주절 늘어놓기 마련인데 허 선비는 그게 전부였지요.

- ㅇㅅㄹㄷ(ㅇㅅㄹㅇ) : 흔히 있을 만하다, 다른 것이 없다.
- ㅈㅅㅊ : 장사하는 사람을 낮추어 이르는 말.

그래서 저도 만 냥을 그냥 내주었어요. 어디 사는 누구인지 묻지도 않고요. 물론 아내도, 집안일을 봐주는 행랑아범도 펄쩍 뛰었지요. 어디 사는 누구인지도 모르는 처음 보는 사람에게 그 큰돈을 빌려준다고요. 하지만 전 딱 말 한 마디만 하는 게 오히려 더 믿음직스러웠어요. 사실 허 선비가 허 선비라는 것도 어제서야 알았고요, 이름은 아직도 알지 못해요.

허 선비가 이백만 냥을 내놓고 돌아가길래 사람을 시켜 뒤를 밟았어요. 남산 아래 묵적골의 허름한 초가집에서 살더군요. 이웃들에게 물어보니 허 선비는 책만 읽어서 아내가 바느질품을 팔아 겨우 먹고살았다고 해요. 그런데 무슨 일인지 하루는 돈을 번다고 나가더니 오 년이 지나서야 돌아왔대요.

오늘 아침 허 선비 집으로 찾아갔어요. 이백만 냥을 돌려주고 궁금한 것을 물어보려고요. 만 냥을 빌려주고 이백만 냥을 돌려받는 것은 도리에 어긋나잖아요. 그리고 무엇보다 어떻게 오 년 만에 이백 배나 되는 돈을 벌었는지 알고 싶었어요. 어쩌면 그게 이백만 냥보다 더 값어치가 클 수 있어요.

그래서 허 선비에게 빌려준 만 냥에 이자로 천 냥만 더 받겠다고 했어요. 그런데 허 선비는 오히려 화를 내면서 저를 내치더라고요.

"나를 장사치로 아는 것이오? 썩 물러가시오."

저는 뭔가 잘못되었다 싶어서 사정사정했지요.

"아이코, 잘못했습니다! 저는 그저 이 돈을 받기 미안해서⋯."

그러니까 허 선비는 또 금방 화를 풀고 말했어요.

"정히 그렇다면 가끔 와서 양식이 떨어지지는 않았는지 옷가지가 필요하지는 않는지 살림살이를 좀 챙겨 주시오."

ㄱㅇㅊ : 일정한 값에 해당하는 분량이나 가치.

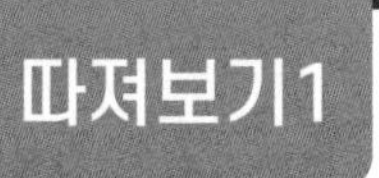

이야기를 따져 보면서 물음에 답을 찾아봐.

1 변 부자는 왜 처음 보는 허 선비에게 만 냥을 빌려주었을까요? 변 부자의 생각을 짐작해서 써 보세요.

2 책만 읽던 허 선비가 돈을 벌러 나온 이유는 무엇일까요? 허 선비의 생각을 짐작해서 써 보세요.

3 변 부자는 만 냥을 빌려주고 이백만 냥을 받으면 도리에 어긋난다고 해요. 만 냥을 빌리면 얼마를 갚는 게 도리에 맞을지 써 보세요.

4 변 부자는 이백만 냥을 받는 것보다 어떻게 돈을 벌었는지 아는 게 더 값어치 있다고 해요. 무엇이 더 값어치 있다고 생각하는지 동그라미 치고 이유를 써 보세요.

(이백만 냥을 받는 게 , 돈을 버는 방법을 아는 게) 더 값어치 있다.

왜냐하면

냉큼 그러겠다고 했어요. 대신 어찌 그리 큰돈을 벌 수 있었는지 이야기해 달라고 부탁했지요. 그랬더니 참으로 기막힌 이야기를 들려주더군요.

허 선비는 제게 만 냥을 빌려서 그 길로 경기도 안성으로 내려갔대요. 그러고는 만 냥을 전부 과일을 사들이는 데 썼답니다. 안성은 남쪽 지방에서 생산된 과일들을 한양에다 내다 팔기 위해 모아 두는 곳이라고 저도 알고 있었어요. 아무튼 허 선비는 제값의 두 배를 주고 과일을 닥치는 대로 모조리 사들였답니다.

창고가 미어터지고 쌓인 과일이 썩어 문드러져도 내다 팔지 않았대요. 얼마 지나지 않아 한양에서는 과일이 씨가 말랐대요. 잔치도 못 열고 제사도 못 지낼 판이 되었겠죠. 과일 값이 금값이 된 거예요. 허 선비는 과일 값이 열 배나 뛰었을 때 내다 팔았답니다. 그렇게 과일을 팔아 번 돈이 십만 냥이었대요. 순식간에 만 냥에서 십만 냥이 된 거예요. 허 선비는 그렇게 번 십만 냥을 칼, 호미 같은 도구와 베나 무명 같은 천을 사들이는 데 썼답니다.

● ㅁㅇㅌㅈㄷ(ㅁㅇㅌㅈㄱ) : 공간이 꽉 차 터지거나 터질 듯한 상태가 되다.

그러고는 마련한 물품들을 가지고 바다 건너 제주도로 갔대요. 예, 맞아요, 제주도는 허 선비가 산 물건들이 귀해서 값을 비싸게 받고 팔 수 있었어요. 허 선비는 그 물건들을 팔고 대신 말총을 죄다 사들였답니다. 있잖아요, 말의 갈기나 꼬리털 말입니다. 왜 제주도에서 말총을 사들였는지 저도 짐작되더군요. 망건이나 갓을 만드는 데 꼭 필요한 것이 말총이잖아요. 망건이 없으면 상투를 틀지 못하고 양반들은 갓 없이는 나다니지도 못하니까, 망건이나 갓을 만드는 재료가 없다고 생각해 봐요. 어떻게 되겠어요? 참으로 기막힌 생각이잖아요? 역시 얼마 지나지 않아 말총 값도 열 배로 뛰었답니다. 십만 냥이 금세 백만 냥이 되어 버린 거예요. 허 참…, 입이 딱 벌어지더군요! 하지만 그 정도는 약과였어요. 그 백만 냥을 다시 열 배가 되는 천만 냥으로 만든 이야기를 할 때는 놀라서 까무러칠 뻔했다니까요.

● ㅇㄱ : 그만한 것이 다행임. 또는 그 정도는 아무것도 아님을 이르는 말.

허 선비는 말총 장사를 해서 번 백만 냥으로 일본과 가까운 섬을 하나 사고, 남은 돈은 모두 곡식을 사들였대요. 그러고는 산적 노릇을 하던 사람들을 불러다가 섬으로 데리고 가서 농사를 짓게 했답니다. 그렇게 얻은 곡식을 다시 일본에 내다 팔아 천만 냥을 벌었다는 거예요. 믿기 어려운 이야기지만요.

아무튼 섬에 정착한 사람들은 잘살게 되었으니 내버려 두고 허 선비만 돌아왔대요. 돌아올 때 천만 냥의 반은 바다에 버렸다고 하더라고요, 나 참! 지나치게 많은 돈은 도리어 재앙이 된다나 뭐라나 하면서요. 싣고 온 나머지 오백만 냥은 나라를 돌아다니면서 가난한 이들을 구제하는 데 썼는데, 그래도 이백만 냥이 남더랍니다. 그래서 제게 진 빚을 갚는 셈으로 이백만 냥을 준 것이라고 하더군요. 허 참, 대단하지 않아요?

하지만 전 큰돈을 번 것보다는 어떻게 그런 생각을 해냈을까, 그게 더 대단하고 궁금했어요. 그래서 물어보지 않을 수가 없었어요. 허 선비는 알고 보면 참 쉬운 일이라고 하더군요.

● ㄱㅈㅎㄷ(ㄱㅈㅎㄴ) : 어려운 처지에 있는 사람을 도와주다.

따져보기2

이야기를 따져 보면서 물음에 답을 찾아봐.

1 허 선비가 산 과일과 말총은 왜 값이 열 배로 뛰었을까요? 짐작해서 써 보세요.

2 과일을 살 수 없으면 어떻게 해야 할까요? 과일을 얻을 수 있는 좋은 방법을 생각해서 써 보세요.

3 돈을 바다에 버린 허 선비의 행동을 어떻게 생각하나요? 자신의 생각에 동그라미 치고 이유를 써 보세요.

허 선비가 바다에 돈을 버린 행동은 (옳다 , 옳지 않다). 왜냐하면

4 허 선비처럼 지나치게 많은 돈은 재앙이 된다고 생각하나요? 자신의 생각에 동그라미 치고 이유를 써 보세요.

지나치게 많은 돈은

재앙이다	재앙이 아니다

"조선은 외국과 배가 통하지 않고, 나라 안에 수레가 다니지 않아서, 온갖 물품이 제자리에서 나고 제자리에서 사라진다오. 그래서 대충 만 냥이면 한 가지 물품을 모조리 사들일 수 있지요."

허 선비 말을 듣고 보니 그런 것 같아요. 바다 근처 마을에서는 생선을 많이 먹을 수 있을지 몰라도 산 근처 마을에서는 생선은 구경하기도 어렵거든요. 허 선비는 안타깝다는 듯이 말을 이었어요.

"땅에서 나는 물품이나 물에서 나는 물품 중에서 한 가지를 슬그머니 독차지해 버리면 그 한 가지 물품이 한곳에 묶여 있는 동안 값이 하늘 높은 줄 모르고 뛸 수밖에 없지요."

듣고 보니 정말 이치에 맞고 그럴듯한 이야기였어요. 제가 준 돈 만 냥으로 조선의 과일이란 과일을 죄다 사들이자 과일 값이 열 배가 뛴 걸 보면 알 수가 있죠. 참 기발하고도 기막힌 비결이라는 생각이 들더군요.

"아니, 그런데 그 좋은 방법으로 장사를 계속하지 않고 왜 다시 돌아왔나요?"

저는 약간 미심쩍어서 물어봤지요. 허 선비는 매우 엄한 표정을 지으며 말했어요.

"그렇게 한 가지 물품이 묶여 있으면 결국에는 장사치들도 망하고 백성들을 해치게 된다오. 제 뱃속은 채울지 몰라도 반드시 나라를 병들게 하고 말 것이오."

- **ㄷㅊㅈㅎㄷ(ㄷㅊㅈㅎ)** : 혼자서 모두 자기 몫으로 가지다.
- **ㅎㄴ ㄴㅇ ㅈ ㅁㄹㄷ(ㅎㄴ ㄴㅇ ㅈ ㅁㄹㄱ)** : 자기의 분수를 모르다. 물가가 매우 높게 뛰다.
- **ㅇㅊ** : 사실이나 사물을 바르게 이해하고 설명할 수 있는 근본적인 원칙.
- **ㄱㅂㅎㄷ(ㄱㅂㅎㄱㄷ)** : 매우 놀랍게 재치가 있고 생각이 뛰어나다.

따져보기3

이야기를 따져 보면서 물음에 답을 찾아봐.

1 허 선비처럼 천만 냥을 벌면 어떻게 쓸 건가요? 천만 냥을 어떻게 쓸지 이야기해 보세요.

오백만 냥은 바다에 버리고, 나머지는 가난한 이들에게 나눠 주고, 빚을 갚았죠.

나에게 천만 냥이 있다면…

추론 **2** 허 선비가 만 냥으로 한 가지 물품을 사들여서 큰돈을 벌 수 있었던 이유는 무엇인가요? 짐작해서 써 보세요.

사실 **3** 허 선비는 왜 장사를 계속하지 않을까요? 이야기에서 찾아 써 보세요.

4 허 선비처럼 장사해도 될까요? 자신이 상인이라면 허 선비와 같은 방법으로 장사할 건지 생각을 써 보세요.

내가 상인이라면

그래서 허 선비는 그렇게 번 돈을 나라와 백성들에게 되돌려 주고, 나머지 돈도 그냥 내게 돌려주고 장사를 그만둔 것이라고 해요.

글쎄요, 허 선비처럼 장사하면 왜 장사치들이 망하고 백성들을 해치는지, 반드시 나라를 병들게 하는지 모르겠어요. 장사치에게 많은 이익을 남기고 많은 돈을 쉽게 벌 수 있는 방법이라면 그보다 좋은 것이 없다는 생각이 자꾸 들었어요.

허 선비는 예전처럼 끼니도 못 챙겨서 아내가 바느질품을 팔아 겨우겨우 살아야 하는데, 그보다는 그렇게 장사를 해서라도 돈을 버는 게 낫지 않겠어요?

그런데 장사가 서로 필요한 물품을 중간에서 오가게 해서 온 나라 백성의 살림을 살찌우는 것이라면 허 선비처럼 장사해서는 안 될 것 같기도 해요.

하지만 다른 이는 어찌 되든 나 혼자 잘살면 좋지 않을까 싶기도 하고요. 나 혼자만 잘사는 법은 없다고 하던데…. 참 어렵네요!

따져보기4

이야기를 따져 보면서 물음에 답을 찾아봐.

추론 **1** 다음 신문 기사를 읽고 물품을 독차지하면 안 되는 이유를 말해 보세요.

> **시소 뉴스** 20△△. △△. △△
>
> 코로나19 여파로 방역용 마스크가 귀해지자 마스크를 매점매석해 부당 이득을 취한 일당이 징역형 집행 유예를 선고받았다.
>
> 이들은 지난해 2월 조직적으로 마스크를 사재기해서 8600만 원을 받아 챙겼다. 재판부는 전 세계적 재난 상황에서 개인의 이익을 위해 국민에게 고통과 불편을 안긴 이들의 죄질이 매우 나쁘다고 규탄했다.

논리 **2** 다음은 책 <열하일기>에 나오는 내용입니다. 밑줄 친 이것은 무엇인지 이야기에서 찾아 써 보세요.

> 경상도 아이들은 새우젓을 모르고, 강원도 사람들은 산사나무 열매를 절여 장을 대신한다. 평안도 사람들은 감과 감귤의 맛을 분간하지 못하고, 바닷가 사람들은 새우나 정어리를 밭에 거름으로 쓴다.
>
> 이 지방에서 천한 물건이 저 지방에서는 귀하다. 이름은 들었는데 물건을 볼 수 없는 것은 또 무슨 까닭인가? 이는 멀리 나를 수단이 없어서다. 좁은 나라에서 백성의 생활이 이토록 가난한 것은 오직 이것이 다니지 않기 때문이다.

간추리기1 인물 폴더

이야기에 나온 낱말을 인물 폴더에 넣어서 정리하려고 해.

인물 폴더에 들어갈 낱말을 골라 낱말 스티커를 붙여 봐.

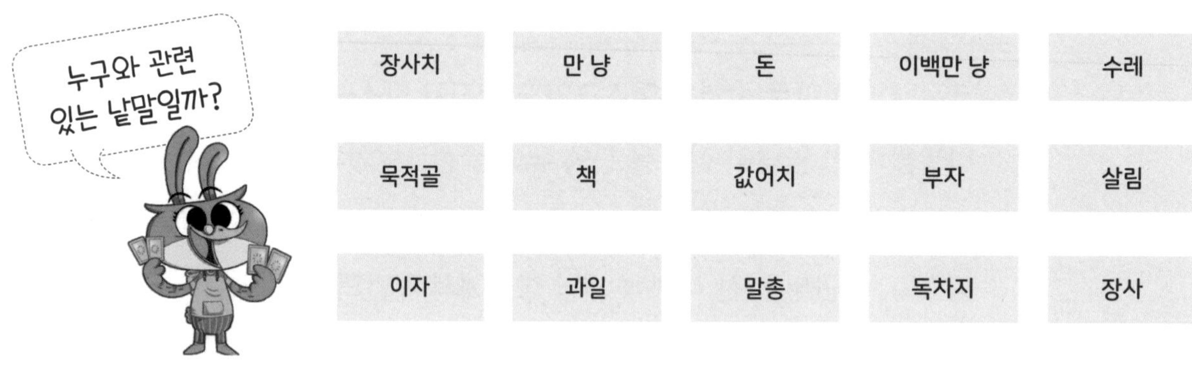

누구와 관련 있는 낱말일까?
장사치
만 냥
돈
이백만 냥
수레
묵적골
책
값어치
부자
살림
이자
과일
말총
독차지
장사

허 선비의 장사

변 부자

스티커

허 선비

스티커

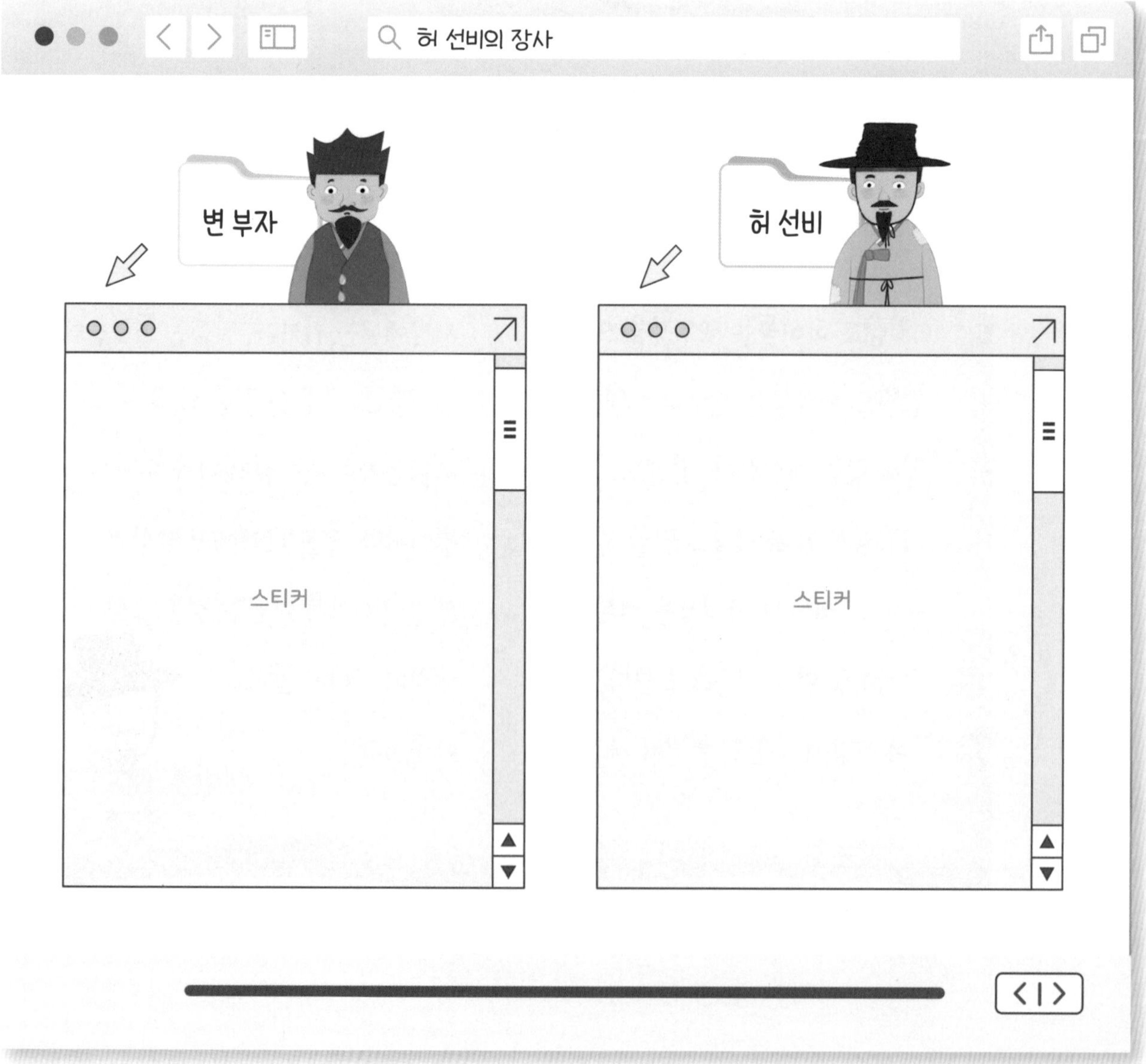

간추리기2 허 선비 SNS

허 선비가 이야기를 사진과 함께 SNS에 올리려고 해.
사진에 무슨 설명을 넣으면 좋을지 써 봐.

허 선비

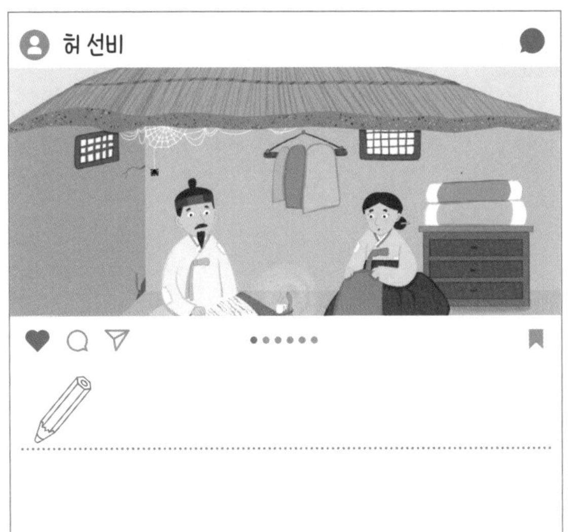

허 선비

허 선비

허 선비

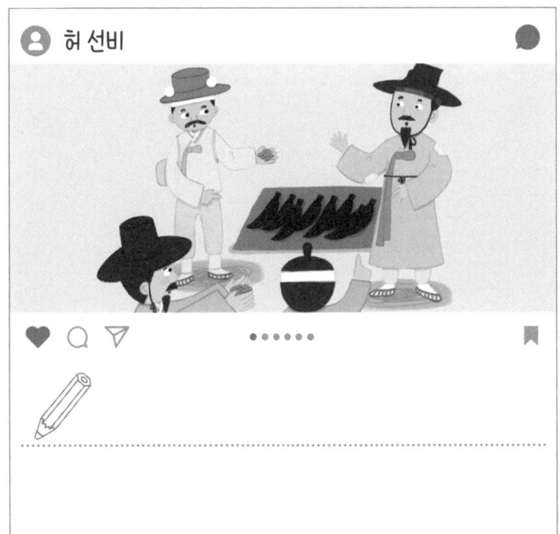

허 선비

허 선비

짚어보기1 책 읽는 허 선비

허 선비가 기막힌 방법으로 장사할 수 있었던 건 책을 많이 읽었기 때문이래. **네가 읽은 책 중에서 변 부자에게 추천하고 싶은 책을 소개해 봐.**

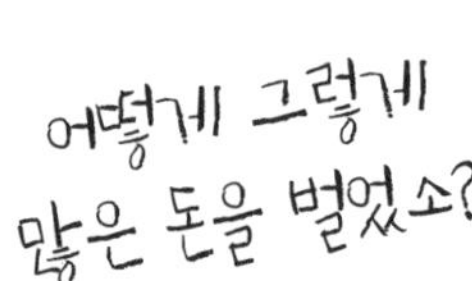
어떻게 그렇게
많은 돈을 벌었소?

소개하고 싶은 책

소개하는 이유

읽으면 좋은 점

홍길동전
경국대전
의산문답
열하일기
목민심서
택리지

이 책에 다
나와 있지.

짚어보기2 아내 속마음

허 선비와 변 부자를 지켜보는 아내들의 속마음은 어땠을까?
속마음을 짐작해서 그림말을 그려 봐.

만 냥만
꾸어 주시오!

ㅓ(; ¯_¯)ㅏ

뭐,
그럽시다!

(◉.◉;;)

만 냥을
이백만 냥으로
갚겠소!

^o^

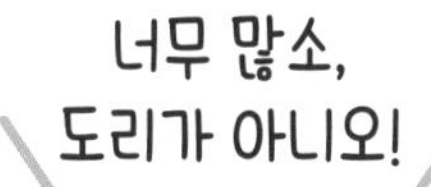
너무 많소,
도리가 아니오!

@.@

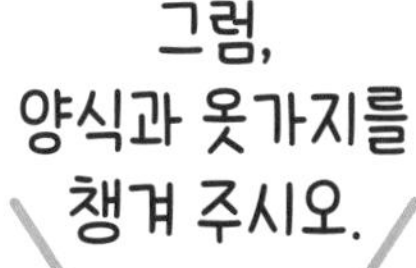
그럼,
양식과 옷가지를
챙겨 주시오.

ㅓ(^^)ㅏ

만 냥에
이자는 천 냥만
받겠소.

^_^;;

짚어보기3 상인 인터뷰

허 선비가 장사하면서 만난 상인들을 인터뷰한 기사야.
이들은 기자의 질문에 뭐라고 답할지 짐작해서 써 봐.

시소 뉴스

묵적골 소식

묵적골에 사는 허 선비가 5년 만에 만 냥에서 1000만 냥을 벌어 화제가 되고 있습니다. 허 선비가 어떻게 이 돈을 벌었는지 궁금한데요. 허 선비와 장사했던 상인들을 만나 인터뷰해 보았습니다. 먼저 안성의 과일 상인입니다.

기자 안녕하세요? 허 선비가 안성의 과일이란 과일은 죄다 사들였다면서요?

과일 상인

기자 허 선비한테 과일을 모두 팔았으니 손해는 보지 않았겠네요?

과일 상인

기자 이번에는 제주도로 가 보겠습니다. 제주도의 말총 상인을 만나 보았는데요.

말총 상인 휴, 허 선비 그 양반 때문에 우리 말총 상인들이 욕을 얻어먹었어요. 그 많은 말총을 허 선비가 사 놓고 내놓지 않아서 우리도 너무 곤란했다고요.

기자 그럼, 다음번에 허 선비 같은 사람이 또 말총을 죄다 사들인다면 어떻게 하실 건가요?

말총 상인

짚어보기4 걱정이야

허 선비가 과일을 사들이기만 하고 팔지 않는 것을 걱정스럽게 지켜보는 사람들이 있어. **이들 중 누가 가장 걱정할지 번호를 매겨 보고 그 까닭을 말해 봐.**

"과일 값이 금값이 되면…."

"이러다 나라 살림이…."

"과일 값을 두 배로 받아서 좋지만…."

"과일 가게가 망하면 세금은…."

"내다 팔 과일을 어디서…."

짚어보기5 따라 하기

사람들이 허 선비를 따라서 사들이기만 하고 팔지 않으면 어떻게 될까?

다음에서 이익을 볼 것 같은 사람에게 동그라미 치고 이유를 말해 봐.

이렇게 해도 되는 걸까?
이렇게 한다면 무슨
문제가 생길까?

쌀을 몽땅 산 사람

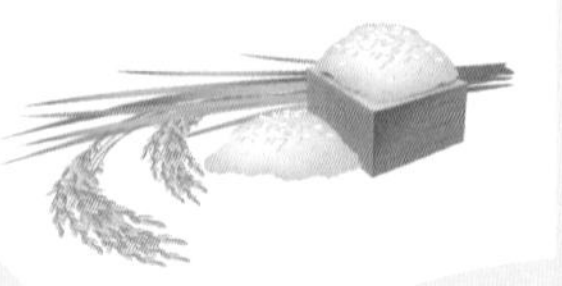

옷감을 몽땅 산 사람

채소를 몽땅 산 사람

집을 많이 산 사람

안 팔아! 못 팔아!
안 내놔! 끝까지!

고기를 몽땅 산 사람

종이를 몽땅 산 사람

생선을 몽땅 산 사람

5만 원권을 많이 모은 사람

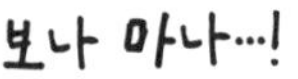
내가 얘기했잖아!
보나 마나…!

보고하기 가리사니 생각

변 부자가 헷갈려 하는 물음에 어떻게 답해야 할까? 허 선비의 장사 방법이 옳은지 **타당한 근거를 들어 네 생각을 써 봐.**

문제 상황 1 → 장사가 서로 필요한 물품을 중간에서 오가게 해서 온 나라 백성의 살림을 살찌우는 것이라면 **허 선비처럼 장사해서는 안 될 거 같아요.**

문제 상황 2 → **하지만 다른 이는 어찌 되든 나 혼자 잘살면 좋지 않을까 싶기도 해요.** 나 혼자만 잘사는 법은 없다고 하던데…. 참 어렵네요!

제목

서론

문제 상황 + 내 주장

본론

근거 1

근거 2

결론

요약 + 강조

어휘다지기 변 부자 뒤풀이

변 부자가 낱말 퀴즈 뒤풀이를 열었어. 낱말 퀴즈를 풀어서 가리사니 힘을 다져 보자고. **요지카를 보면서 문제를 풀어 봐.**

1 다음 낱말에 한 글자를 더 넣으면 비슷한 뜻을 가진 새 낱말이 완성돼요. 새 낱말이 완성되도록 알맞은 글자를 찾아 선을 긋고, 빈칸에 새 낱말을 써 보세요.

2 허 선비가 장사하면서 깨달은 것을 적어 놓은 글이에요. 빈칸에 공통으로 들어갈 글자는 무엇인지 답을 써 보세요.

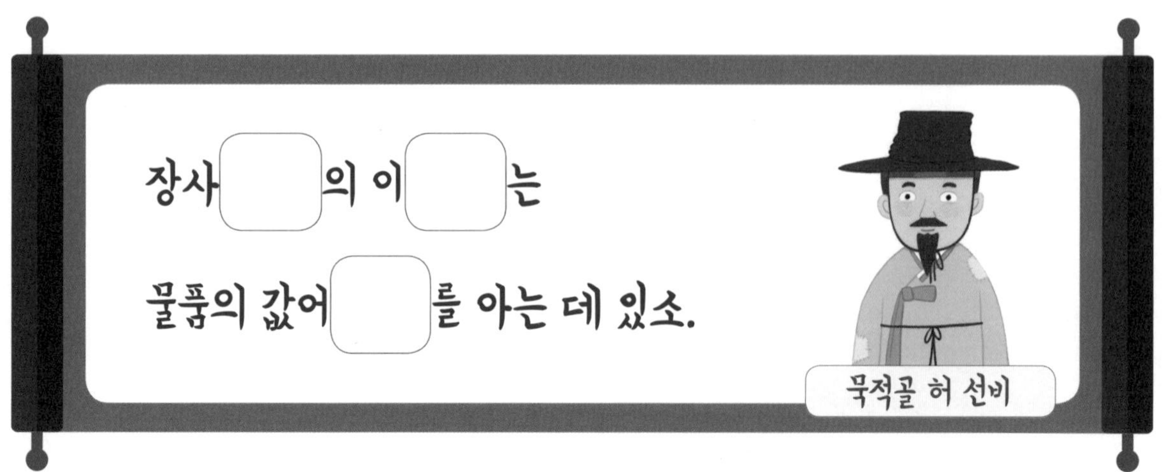

장사□의 이□는
물품의 값어□를 아는 데 있소.
묵적골 허 선비

3 허 선비가 준 돈 궤짝인데 궤짝을 열려면 뒤죽박죽 섞인 글자들을 두 낱말로 정리해야 해요. 허 선비가 남긴 쪽지를 보고 답을 써 보세요.

매우 놀랍게 재치 있고 생각이 뛰어나다.
흔히 있을 만하고 다른 것이 없다.
- 허 선비가 -

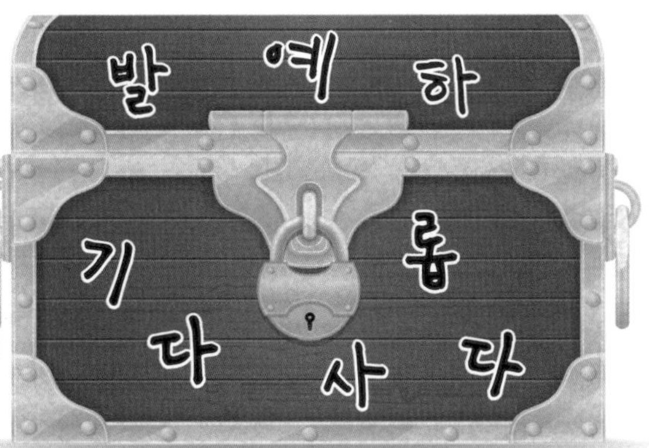

4 허 선비처럼 장사하려는 사람들에게 허 선비가 따끔하게 충고하고 있어요. 빈칸에 들어갈 알맞은 말을 요지카에서 찾아 써 보세요.

분수를 모르고 덤벼들면
물가가 □□□□□ 모르고 오를걸.

살기가 힘들어지는 건 □□야.
나라가 망하지 않은 걸 다행으로 여기라고.

2장

황금 뇌를 가진 사나이

관련교과

- **[국어 4학년 1학기]** 내용을 간추려요
- **[국어 4학년 1학기]** 사전은 내 친구
- **[국어 6학년 2학기]** 타당한 근거로 글을 써요

어느 의사가 황금 뇌를 가진 남자를 지켜보며 남자가 불행한 까닭을 궁금해 하고 있어. 이야기를 읽고 무엇이 남자를 불행하게 만들었는지 생각해 봐.

준비하기 황금 머리카락

만약 네 머리카락이 황금인데, 한 번 잘라 내면 다시 자라지 않아. 그런데도 다른 사람에게 줄 수 있을까? 준다면 누구에게 얼마큼 줄지 **머리카락 길이에 V표 해 봐.**

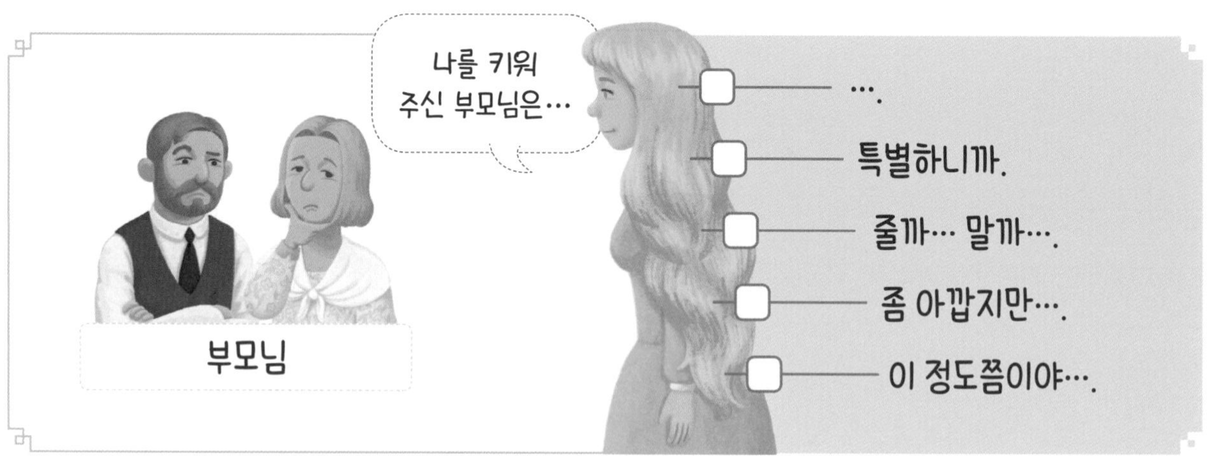

나를 키워
주신 부모님은…
부모님
….
특별하니까.
줄까… 말까….
좀 아깝지만….
이 정도쯤이야….

둘도 없는
단짝은…
친구
….
특별하니까.
줄까… 말까….
좀 아깝지만….
이 정도쯤이야….

또 내 황금 머리카락을
줄 수 있는 사람은…?
….
특별하니까.
줄까… 말까….
좀 아깝지만….
이 정도쯤이야….

훑어보기 두 번째 요지경

가라사대왕이 이야기나라의 보물, 요지경을 선물로 주었어.
요지경을 보면서 무슨 일이 벌어졌는지 짐작해 보자.

먼저, 활동지에 있는 요지경을 직접 만들어 보자. 활동지 5~8쪽

요지경에 있는 그림을 요리조리 살펴보자.

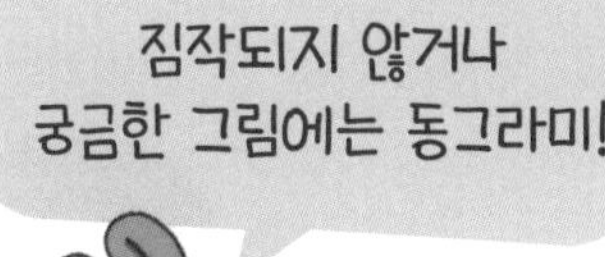

들어보기 이야기를 읽으면서 중요한 낱말은 요지카로 익혀 보자.

초성으로 제시된 낱말을 찾아 색칠해 봐. 활동지 19쪽

의사 이야기

경찰의 연락을 받고 달려가 보았더니 제가 아는 남자가 구두 가게에 쓰러져 있더군요. 한 손에는 고니 깃으로 꾸민 파란 부츠를, 다른 손에는 모래알 같은 금 부스러기를 쥔 채 말이지요.

이제야 하는 말이지만 그가 태어났을 때부터 죽 지켜보고 있었어요. 왜냐고요? 이 남자의 뇌가 황금이었기 때문이죠. 믿을 수 없다고요? 하긴 이 남자의 부모조차 처음에는 믿지 못했어요. 의사인 저만 눈치챌 뿐이었지요. 하지만 사실인 걸요.

남자는 태어났을 때부터 머리가 크고 무거웠어요. 그러나 별문제 없이 잘 자랐어요. 다만 큰 머리를 두 손으로 부여잡고 다니다 보니, 이리 쿵 저리 꽝 자주 머리를 부딪치고 넘어지는 것만 빼면요. 그런데 하루는 사다리를 타고 올라가다가 떨어져 바닥에 머리를 찧고 말았어요.

머리에서 땡 하고 쇳소리가 나서 크게 다친 줄로만 알았는데, 일으켜 세워 보니 멀쩡했어요. 생채기만 좀 났을 뿐이었지요. 그런데 희한하게도 생채기에 금 딱지가 지더니 그대로 아무는 것이 아니겠어요. 이렇게 해서 남자의 머리가 금덩이라는 것을 알게 되었지요. 남자의 부모도 생채기에 내려앉은 금 딱지를 보더니 남자의 머리가 황금이라는 것을 믿게 되었어요.

물론 아이의 부모는 아무에게도 말하지 않았고 아이에게도 비밀로 했어요. 밖에 나가 다른 아이들과 함께 뛰어놀지도 못하게 했어요. 아이가 왜 밖에 나가서 놀면 안 되는지 물으면 누가 납치해 갈까 봐 걱정되어서 그런다고 일러 줄 뿐이었어요. 겁먹은 아이는 친구도 없이 그저 집 안에서 무거운 머리를 부여잡고 다니면서 놀 수밖에 없었지요.

- ㅅㅊㄱ : 뾰족하거나 날카로운 것에 긁혀서 생긴 작은 상처.
- ㄴㅊㅎㄷ(ㄴㅊㅎ) : 강제로 끌고 가거나 데리고 가다.

아이가 다 자라 독립할 때가 되자 그의 부모는 아들에게 비밀을 털어놓았어요. 남자의 머리가 황금으로 되어 있다는 사실을요. 그러고는 이제껏 키우고 돌보아 줬으니 자신들을 위해 황금을 조금만 나누어 달라고 했어요.

남자는 그 자리에서 바로 황금을 내어 주었습니다. 어떻게 머리에서 황금을 끄집어냈는지는 저도 궁금하지만, 그 방법을 알 길은 없지요. 하여간 호두만 한 금덩이를 척 내어 줬어요.

그러고는 남자는 답답하게 지내던 집을 뛰쳐나갔습니다. 자신의 황금만 있다면 뭐든 할 수 있고, 잘 살 수 있을 것 같았거든요. 남자는 마음대로 온 세상을 돌아다니며 왕처럼 살았습니다. 맛있는 음식을 사 먹고 값비싼 옷을 사 입는 데 황금을 마음대로 꺼내 썼지요. 매일 잔치를 열어 흥청망청 놀았습니다.

● ㅎㅊㅁㅊ : 흥에 겨워 마음대로 즐기는 모양, 돈이나 물건 따위를 마구 쓰는 모양.

따져보기1

이야기를 따져 보면서 물음에 답을 찾아봐.

논리 **1** 남자의 부모는 아들이 어렸을 때 왜 밖에서 놀지 못하게 했을까요? 이유로 맞으면 O표, 틀리면 X표 해 보세요.

- 아들의 비밀을 다른 사람이 알게 될까 봐 걱정되었기 때문이다. ( )
- 아들이 다른 아이들에게 놀림받을까 봐 걱정되었기 때문이다. ( )
- 아들이 놀다가 몸을 다칠까 봐 걱정되었기 때문이다. ( )
- 아들을 누가 납치해 갈까 봐 걱정되었기 때문이다. ( )

추론 **2** 남자의 부모가 아들에게 비밀을 털어놓은 이유는 무엇일까요? 짐작해서 써 보세요.

비판 **3** 남자의 부모가 아들에게 황금을 나누어 달라고 한 행동을 어떻게 생각하나요? 자신의 생각에 동그라미 치고, 이유를 써 보세요.

황금을 달라고 한 행동은 (잘했다고 , 잘못했다고) 생각한다. 왜냐하면

추론 **4** 남자가 자신의 비밀을 알게 되었을 때 기분이 어땠을까요? 남자의 입장이 되어서 기분을 표현해 보세요.

그러나 어떻게 영원할 수 있겠어요. 머리는 점점 쪼그라들었고, 남자는 점점 형편없이 변해 버렸어요. 정신은 흐리멍덩해지고 뺨도 홀쭉해져서 보기 딱했지요.

마침내 어느 날 아침, 먹다 남은 음식과 꺼져 버린 촛불 속에 홀로 남은 남자는 거울에 비친 엉망이 된 자신의 모습을 보았습니다. 끔찍하게 변한 자신의 얼굴에 소스라치게 놀라 이제는 이렇게 살면 안 된다는 사실을 깨달았지요.

남자는 예전과는 완전히 다르게 살기 시작했어요. 사람들과 만나는 것을 딱 끊고는 뭐든 제 손으로 하고 조그만 것에도 지독한 구두쇠처럼 쩨쩨하게 굴었어요. 다행히 자신의 황금 뇌에 손대고 싶은 유혹에서 벗어난 것 같았어요. 축복이라고 여겼던 황금 뇌는 완전히 잊어버리려고 하는 것 같았지요.

- ㅎㄹㅁㄷㅎㄷ(ㅎㄹㅁㄷㅎㅈㄱ) : 정신이 맑지 못하고 흐리다.
- ㅅㅅㄹㅊㄷ(ㅅㅅㄹㅊㄱ) : 깜짝 놀라 갑자기 몸을 떨며 움직이다.

따져보기2

이야기를 따져 보면서 물음에 답을 찾아봐.

1 자신의 비밀을 알게 된 남자는 왜 집을 뛰쳐나갔을까요? 이유로 맞으면 O표, 틀리면 X표 해 보세요.

- 집에서 지내는 게 답답했기 때문이다. ( )
- 황금만 있으면 뭐든 할 수 있고, 잘 살 수 있을 것 같았기 때문이다. ( )
- 마음대로 온 세상을 돌아다니며 왕처럼 살고 싶었기 때문이다. ( )
- 매일 잔치를 열어 놀고 싶었기 때문이다. ( )
- 황금을 요구한 부모님에게 실망했기 때문이다. ( )
- 바깥세상이 어떤지 궁금했기 때문이다. ( )
- 자신의 황금 뇌를 축복으로 여겨 마음껏 누리며 살고 싶었기 때문이다. ( )

2 황금을 펑펑 쓰면서 사는 남자를 어떻게 생각하나요? 다음 중에서 하나를 고르고 그렇게 생각한 이유를 써 보세요.

어리석다 | 불쌍하다 | 나쁘다 | 괜찮다

나는 남자가 (   )고 생각한다. 왜냐하면

3 황금 뇌를 가지고 태어난 남자처럼 세상에는 신기한 일이 많이 있어요. 자신이 알고 있는 신기한 일을 쓰고 무엇이 어떻게 신기한지 말해 보세요.

그런데요, 딱하게도 남자의 한 친구가 끝까지 들러붙어 있었던 모양이에요. 물론 이 친구는 남자의 비밀을 알고 있었지요. 어느 날 밤, 이 불쌍한 남자는 잠을 자다가 머리가 너무 아파 눈을 떴어요. 머리를 부여잡고 벌떡 일어났는데 외투 속에 뭔가를 감추고 달아나는 친구를 보았지요. 그게 뭐긴 뭐겠어요…. 남자의 머리가 또 조금 비어 버렸지요.

그렇게 속상한 일이 있고 나서 다행인지 불행인지는 모르겠지만 남자는 사랑에 빠지게 되었습니다. 남자가 진정으로 사랑한 사람은 어느 금발 머리 아가씨였어요. 인형처럼 귀여운 이 아가씨는 화려하게 치장하는 것과 사치스러운 물건들을 좋아했지요. 게다가 변덕쟁이였고요.

그러다 보니 남자는 아가씨가 원하는 대로 해 주느라 머리에서 황금을 끄집어내기 바빴습니다. 그래도 남자는 아가씨가 혹시 마음 아파할까 봐 황금이 어디서 나오는지는 입도 뻥긋하지 않았어요.

"우리가 부자여서 너무 좋아요!"

이렇게 말하는 아가씨 앞에서 그저 씁쓸하게 웃을 뿐이었지요. 남자의 속도 모르고, 남자의 머리가 텅 비어 가는 줄도 모르는 이 인형 같은 아가씨에게 미소만 지어 보일 뿐이었어요.

- ㄷㄹㅂㄷ(ㄷㄹㅂㅇ) : 사람이나 동물이 끈기 있게 붙어 따르다.
- ㅃㄱㅎㄷ(ㅃㄱㅎㅈ) : 입이나 문 따위가 조금 벌어져 있다.

따져보기3

이야기를 따져 보면서 물음에 답을 찾아봐.

1 왜 남자의 친구는 남자에게 황금을 달라고 하지 않고 몰래 훔쳐 갔을까요? 이유를 짐작해서 써 보세요.

2 남자가 금발 머리 아가씨와 사랑에 빠져서 행복한 점과 불행한 점을 각각 생각해서 써 보세요.

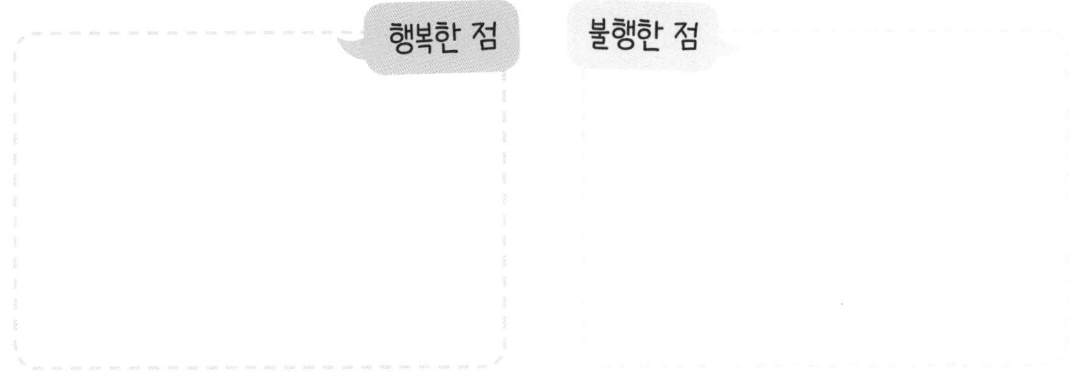

3 남자가 금발 머리 아가씨와 사랑에 빠진 건 행복일까요, 불행일까요? 가치 수직선에 색칠하고 그렇게 생각하는 이유를 말해 보세요.

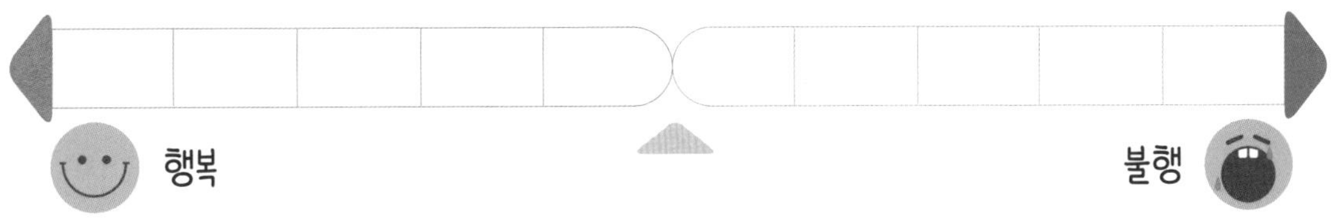

4 남자는 아가씨가 마음 아플까 봐 황금 이야기를 하지 않았어요. 만약 자신이 남자라면 어떻게 했을지 써 보세요.

내가 남자라면 황금 이야기를 (하겠다 , 하지 않겠다). 왜냐하면

물론 때로는 무섭고 두려웠지요. 절제하며 살아야겠다는 생각도 했습니다. 하지만 사랑하는 아가씨를 보면 그런 생각을 까맣게 잊고 말았어요. 아가씨에게 어울릴 만한 뭔가를 보기만 하면 척척 사 주고 말았지요.

그렇게 이 년쯤 지났을까요. 어느 날 아침, 어찌 된 영문인지 이 아가씨가 진짜 인형처럼 죽었지 뭡니까? 남자는 머리의 황금이 거의 바닥났는데도 아가씨를 위해 장례식을 아주 성대하게 치렀어요. 값비싼 검은 비단을 두른 장례 마차, 깃털로 장식한 말들, 은구슬을 박은 관 등등, 말도 못하게 사치스러운 장례식이었어요.

그러나 남자는 전혀 사치스럽게 여기지 않았어요. 하나도 아까울 게 없었거든요. 사랑하는 아가씨가 없으니 황금도 아무 소용없다는 생각뿐이었지요. 남자는 남은 황금을 교회에도 내놓았어요. 장례를 도운 일꾼들에게도 주고, 꽃 파는 아이들에게도 나누어 주었습니다.

● ㅈㅈㅎㄷ(ㅈㅈㅎㅁ) : 일정한 정도를 넘지 않도록 알맞게 조절하다.

황금을 보이는 대로 마구 나누어 준 남자가 아가씨를 묻고 묘지를 나올 때는 그 신비한 머리도 이제는 완전히 텅 빈 것이나 마찬가지였어요. 그 이후 남자는 미친 듯이 두 손을 쳐들고 정신 나간 사람처럼 비틀거리며 거리를 헤매고 다녔습니다. 머리가 텅텅 비어서 아가씨가 이미 죽었다는 사실조차 기억할 수 없었던 거예요.

그러다가 거리에 불이 켜질 저녁 무렵 남자가 구두 가게에 나타났어요. 남자는 가게 앞에 범추더니 유리창 너머 진열대에 있는 부츠를 한참 동안이나 바라보았습니다. 가장자리에 고니 깃을 두른 그 파란 부츠를요.

"이 부츠가 딱 어울릴 만한 사람을 알지."

남자가 미소 지으며 중얼거렸습니다.

남자에게는 이미 구두 한 켤레를 살 만큼의 황금조차 남아 있지 않았는데 말이지요. 손님의 인기척을 듣고 나온 가게 주인은 계산대에 기대어 선 채 멍하고 괴로운 눈빛으로 자신을 바라보는 남자를 보고는 기겁했습니다. 남자는 고니 깃으로 가장자리를 두른 파란 부츠를 왼손에 들고, 모래 알갱이 같은 금 부스러기가 묻은 오른손을 내밀고 있었어요. 가게 주인은 그 모습이 너무 끔찍해서 까무러칠 듯 뒷걸음쳤습니다.

이게 황금 뇌를 가진 사나이 이야기입니다. 저는 잘 모르겠어요. 이 신비한 머리를 가진 남자는 왜 이렇게 불행하게 살 수밖에 없었는지 말이에요. 남자에게 황금 뇌는 축복이었을까요, 저주였을까요? 무엇이 이 남자를 이렇게 불행하게 만들었을까요? 타고난 팔자 탓일까요, 아니면 그를 둘러싼 사람들 때문일까요?

- **ㅇㄱㅊ** : 사람이 있음을 알 수 있게 하는 소리나 기색.
- **ㅍㅈ** : 사람의 한평생의 운수.

따져보기4

이야기를 따져 보면서 물음에 답을 찾아봐.

추론 **1** 왜 남자는 아가씨의 장례식을 성대하게 치르고 황금을 마구 나눠 주었을까요? 이유를 써 보세요.

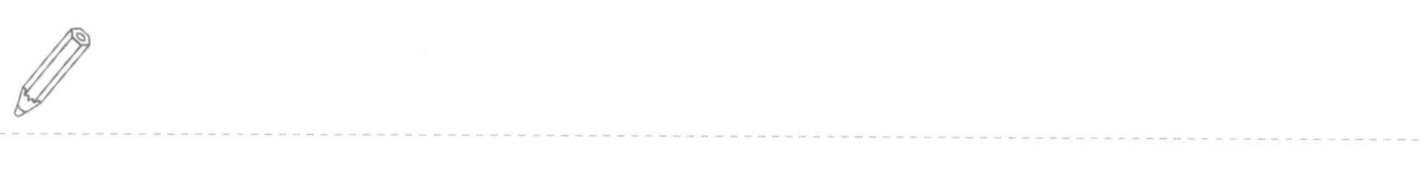

비판 **2** 남자가 마지막까지 황금을 펑펑 쓰고 나눈 행동을 어떻게 생각하나요? 자신의 생각에 동그라미 치고 이유를 말해 보세요.

그럴 만도 하다
옳고 마땅하다
어처구니없다

논리 **3** 남자는 왜 파란 부츠를 사려고 했을까요? 자신의 생각을 이유와 함께 써 보세요.

"이 부츠가 딱 어울릴 만한 사람을 알지."

창의 **4** 황금 뇌를 가진 사나이 이야기를 책으로 만든다면 어울리는 제목은 무엇일까요? 이야기를 잘 표현할 수 있는 제목을 지어 보세요.

간추리기1 동영상 만들기

황금 뇌를 가진 사나이 이야기를 동영상으로 만들려고 해.
첫 화면에 들어갈 그림을 그리고 빈칸에 알맞은 내용을 써 봐.

만든 이

파일 열기

00.12 00.18 00.24 00.30 00.36 00.42

나오는 이	
배경 음악	
제목	

포토뷰어 열기 테마 만들기 작업 저장 동영상 만들기 보내기

간추리기2 남자의 이야기

이야기를 동영상으로 꾸밀 때 쓸 사진들이야. **많은 사람이 쉽게 알아 보도록 사진 내용을 설명하는 글을 써 봐.**

짚어보기1 여느 아이들처럼

남자의 부모가 아들을 집에서만 키운 것을 후회하면서 여느 아이들처럼 키우면 어땠을지 생각해 보았대. **부모의 생각을 짐작해서 써 봐.**

우리 아들을
여느 아이들처럼
키울 수 있었을까….

다른 아이들이
별명을 지어
불렀을 텐데요….

아마도 아이들이 우리 아들을

____________________ (이)라고

했을 거예요!

다른 아이들이
왜 그렇게 생겼냐고
놀렸을 텐데요….

그러면 아들한테 이렇게 둘러대라고 하면 어떨까요.

____

____

때문이라고 말이에요!

다른 평범한
아이들처럼 보이게
할 좋은 방법은
없었을까요?

음, 그건 말이죠…

____

____

짚어보기2 흥청망청

남자가 황금을 어디에 썼는지 살펴보고, **황금을 마땅히 잘 썼다고 생각한 곳에 황금 스티커를 붙이고 그 이유를 말해 봐.**

부모님에게 주었어요.

스티커

맛있는 음식을 사 먹었어요.

스티커

값비싼 옷을 사 입었어요.

스티커

아가씨가 원하는 걸 사 줬어요.

스티커

아가씨의 장례식을 치렀어요.

스티커

교회에 내놓았어요.

스티커

일꾼들과 꽃 파는 아이들에게 나눠 주었어요.

스티커

파란 부츠를 샀어요.

스티커

짚어보기3 사랑의 방법

남자가 황금을 쓰는 것 말고 사랑하는 사람들을 위하는 다른 방법은 없었을까? **남자가 이들을 사랑하는 만큼 ♡에 스티커를 붙이고, 이들을 위해 남자가 무엇을 할 수 있을지 써 봐.**

♡♡♡♡♡

부모님을 위해서는…

♡♡♡♡♡

친구에게는…

♡♡♡♡♡

금발 머리 아가씨에게는…

♡♡♡♡♡

자신을 위해서는…

짚어보기4 누구 책임

경찰과 의사가 남자의 죽음에 책임이 있는 사람들을 조사했어.
이들의 생각을 짐작해서 책임이 큰 순서대로 번호를 매겨 보고 그 까닭을 말해 봐!

부모님

친구

남자

금발 머리 아가씨

구두 가게 주인

의사

남자의 죽음에
책임이 가장 큰 사람은…
아무래도
법적으로는 말이야…

책임이 가장 큰 사람은…
그런데 경찰 아저씨,
내가 무슨
책임이 있다고…?

짚어보기5 만약에

만약 남자의 뇌가 황금이 아니었다면 남자는 행복했을까? **남자를 불행하게 만든 것에 동그라미 치고 그렇게 생각하는 이유를 말해 봐.**

만약에

황금 뇌를 가지고 태어나지 않았다면 불행하지 않았을 텐데….

만약에

다른 아이들처럼 평범하게 자랐다면 불행하지 않았을 텐데….

만약에

부모님이 남자에게 황금 뇌의 비밀을 털어놓지 않았다면 불행하지 않았을 텐데….

만약에

황금을 흥청망청 쓰지 않았다면 불행하지 않았을 텐데….

만약에

남자가 금발 머리 아가씨를 만나지 않았다면 불행하지 않았을 텐데….

그 밖에 남자를 불행하게 만든 건 무엇이 있을까?

만약에

만약에

보고하기 가리사니 생각

의사는 황금 뇌를 가진 남자가 불행한 이유를 모르겠다고 해. 무엇이 남자를 불행하게 만들었는지 **타당한 근거를 들어 네 생각을 써 봐.**

문제 상황 1 → **남자에게 황금 뇌는 축복이었을까요, 저주였을까요?**
무엇이 이 남자를 불행하게 만들었을까요?

문제 상황 2 → **타고난 팔자 탓일까요, 아니면 그를 둘러싼 사람들 때문일까요?**

제목

서론
문제 상황
+
내 주장

본론
근거 1

근거 2

결론
요약
+
강조

어휘다지기 의사 뒤풀이

의사가 낱말 퀴즈 뒤풀이를 열었어. 낱말 퀴즈를 풀어서 가리사니 힘을 다져 보자고. **요지카를 보면서 문제를 풀어 봐.**

1 남자의 이야기를 오래 기억하고 싶어서 노래로 만들었어요. 그런데 가사 일부분이 기억나지 않아요. 빈칸에 알맞은 글자를 써서 가사를 완성해 보세요.

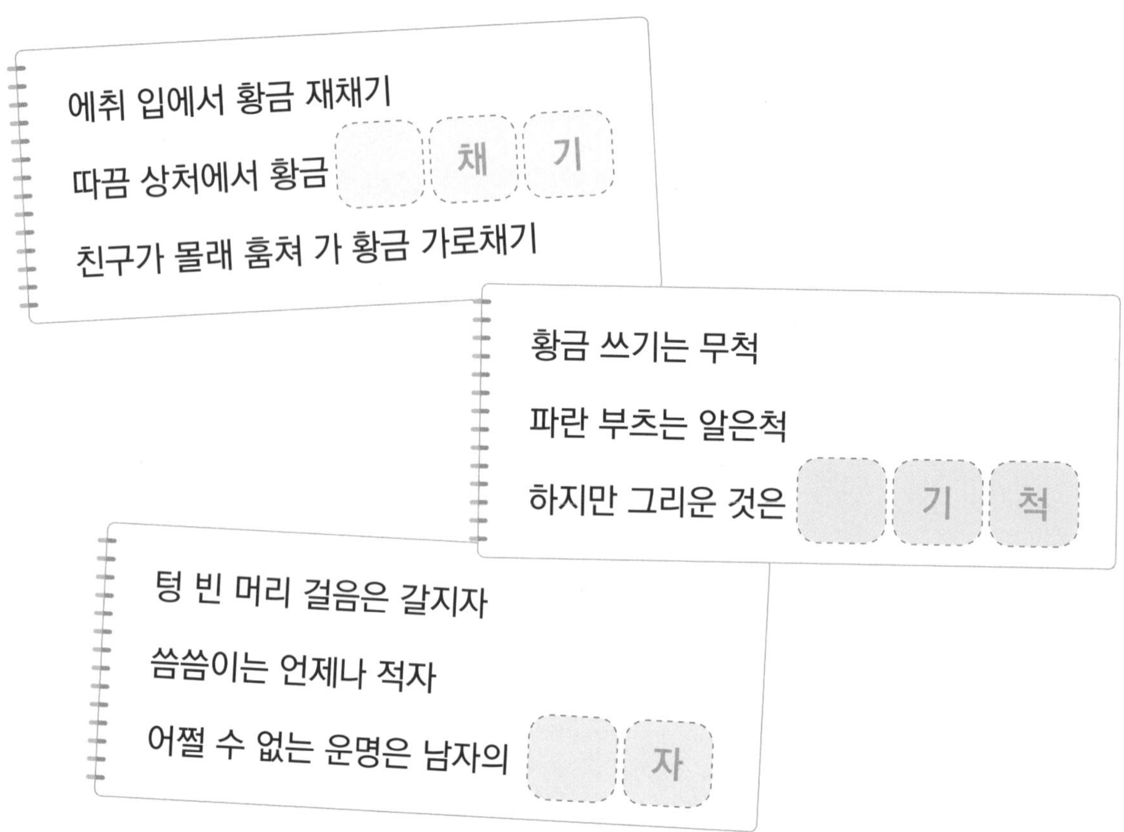

에취 입에서 황금 재채기
따끔 상처에서 황금 ( )채기
친구가 몰래 훔쳐 가 황금 가로채기
황금 쓰기는 무척
파란 부츠는 알은척
하지만 그리운 것은 ( )기척
텅 빈 머리 걸음은 갈지자
씀씀이는 언제나 적자
어쩔 수 없는 운명은 남자의 ( )자

2 남자가 죽기 전 마지막 모습을 적은 의사의 노트인데, 받침이 일부 지워졌어요. 알맞은 받침을 써 보세요.

남자의 눈빛은 흐리머더하고 머리는 쪼그라들었다.

머리에서 떼어 낸 황금을 흐처마처 쓰고 다닌다는 소문이 돌았다.

3 남자가 마지막으로 남긴 글인데, 머릿속이 텅 비어서 그런지 틀린 글자가 있어요. 틀린 글자에 X표 하고 낱말을 바르게 고쳐 써 보세요.

1. 부모님은 내가 아이일 때 누군가에게 넙치될까 봐 걱정했지.
2. 끝까지 늘러붙어 있던 친구가 내 황금을 떼어 달아났어.
3. 금발 머리 아가씨를 만났을 때 좀 결제하지 못했지.
4. 아가씨에게 황금이 어디서 나왔는지 입도 뻘긋하지 않았어.

1. ☐☐☐☐ 2. ☐☐☐☐

3. ☐☐☐☐ 4. ☐☐☐☐

4 구두 가게 주인이 남자를 발견했던 상황을 이야기하고 있어요. 그런데 가게 주인이어서 그런지 낱말을 '~게' 자로 끝냈어요. 재미있게 따라 읽으면서 빈칸에 알맞은 답을 써 보세요.

정신을 잃고 죽은 것처럼 보이는 남자를 보자 까무러치게!

당황해서 뒤로 물러선 나는 뒷걸음치게!

금 부스러기를 발견하고는 깜짝 놀라 ☐스☐☐게!

3장

공 선생님의 판결

관련교과

- [국어 6학년 1학기] 내용을 추론해요
- [국어 6학년 1학기] 속담을 활용해요
- [국어 5학년 2학기] 여러 가지 매체

노 나라 재상 계환자가 공 선생님의 판결을 이해할 수 없나 봐. 계환자의 이야기를 듣고 계환자의 생각이 옳은지 그른지 알려 줘!

준비하기 불효 소송

다음 사건을 대하는 공 선생님과 계환자의 생각이 달라.
누구의 말이 맞다고 생각하는지 동그라미 치고 이유를 말해 봐.

20△△. △△. △△ 이슈.135

진짜진짜 뉴스

불효 소송

부모와
자식 간에도…!

얼마 전 서울에 사는 72세 ㄱ씨는 아들이 늙은 자신을 나 몰라라 한다며 법원에 소송을 제기했습니다. ㄱ씨는 아들에게 낳아 주고 키워 준 대가로 매달 50만 원을 내라고 요구했습니다. 부모가 자식에게 부양비를 요구하는 이른바 '불효 소송'이 늘고 있는 요즘, 자식이 부모에게 효를 다하는 도덕적 의무를 법으로까지 강제할 수 있는지 관심이 모이고 있습니다.

부모를 나 몰라라 한 아들에게 죄를 물어 큰 벌을 내려야 합니다. 불효는 인간으로서 절대 해서는 안 되는 나쁜 일이니까요.

부모 자식 간의 다툼을 어찌 법으로 해결할 수 있겠습니까! 부모와 자식은 인간 관계의 기본이므로, 서로의 신뢰를 회복하는 게 더 중요합니다.

노나라 재상 계환자

노나라 재판장 공 선생

훑어보기 세 번째 요지경

가라사대왕이 이야기나라의 보물, 요지경을 선물로 주었어.
요지경을 보면서 무슨 일이 벌어졌는지 짐작해 보자.

먼저, 활동지에 있는 요지경을 직접 만들어 보자. 활동지 9~12쪽

요지경에 있는 그림을 요리조리 살펴보자.

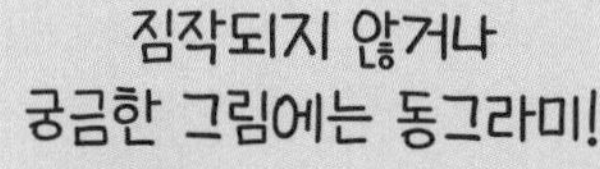

들어보기 이야기를 읽으면서 중요한 낱말은 요지카로 익혀 보자.

초성으로 제시된 낱말을 찾아 색칠해 봐. 활동지 21쪽

계환자 이야기

저는 계환자라고 합니다. 노나라의 귀족 중의 귀족으로 재상을 맡고 있는데요. 사실 먼 친척인 못난 임금 대신 나라를 다스리고 있어요. 공 선생님에게 이 나라의 크고 작은 재판을 도맡아 보는 재판장 벼슬을 준 것도 실은 저랍니다.

공 선생님은요, 따르는 제자만 삼천 명이나 되는 큰 스승이에요. 여러 이웃 나라에까지 이름이 알려진 훌륭한 분이랍니다. 공 선생님은 나라를 잘 다스리려면 백성들에게 먼저 효를 가르쳐야 한다고 말했어요. 그 말이 참 옳다고 여겨 벼슬을 내려 주었지요.

그런데 말이지요. 공 선생님이 나라의 큰 사건들을 다루어 곧잘 재판해 나갔는데, 이번에는 영 이상한 판결을 내렸지 뭡니까. 아니, 판결을 한 것도 아니고 그냥 나 몰라라 팽개쳐 두었어요. 아무튼 너무 마음에 들지도 않고 화도 나는 일이었어요.

어느 여염집 아버지가 불효한 아들을 벌해 달라고 고소했는데 아들도 그 아버지를 벌해 달라고 맞고소한 참 딱한 사건이었지요. 공 선생님은 아버지에게 자식이 무슨 잘못을 저질렀냐고 물었어요.

"부끄럽게도 아들은 어려서부터 어미에게 이쁨만 받고 자랐습지요. 그래서 게으르기만 하고 하는 일 없이 놀기만 해 농사가 엉망이 되어 버렸어요. 보다 못해 따끔하게 가르치려고 했는데, 이놈의 자식이 글쎄 막 대들지 뭡니까! 가만있을 수 없어서 이렇게 자식의 잘못을 벌해 달라고 왔습지요."

공 선생님은 이번에는 아들에게 왜 아버지를 고소했냐고 물었어요. 자식이 아버지를 고소한다는 게 고약한 일이지만 재판이라는 게 어느 한쪽 말만 들어서는 안 되는 것이니까요.

● ㅇㅇㅈ : 일반 백성의 살림집.

그랬더니 아들이 갑자기 윗옷을 벗어젖히더니 멍 자국을 가리키며 말했어요.

"이 몸 좀 보세요. 온통 멍이 들어서 안 아픈 데가 없어요. 아버지가 하도 심하게 때려서 도저히 견딜 수가 없어요."

아버지에게 아들의 말이 사실이냐고 물었더니 이번에는 아버지가 상처 난 이마를 내보이더라고요.

"화가 나서 제 이마를 들이받은 놈이 누군데요. 감히 아버지에게 대들다니! 이 놈은 맞아도 싸다고요."

어휴, 듣기만 해도 기분 나쁘더라고요. 참말로 부전자전이고 그 나물에 그 밥이잖아요. 아무튼 이렇게 기분 나쁘고 고약한 사건을 공 선생님이 어떻게 재판할지 짐작할 수 있었어요.

- ㅂㅈㅈㅈ : 아들의 성격이나 버릇이 아버지로부터 대물림된 것처럼 같거나 비슷함.
- ㄱ ㄴㅁㅇ ㄱ ㅂ : 서로 격이 어울리는 것끼리 짝이 되었을 경우를 이르는 말.

따져보기1

이야기를 따져 보면서 물음에 답을 찾아봐.

1 계환자가 공 선생님에게 재판장 벼슬을 준 까닭은 무엇일까요? 알맞은 이유를 써 보세요.

2 공 선생님은 나라를 다스리려면 백성들에게 무엇을 가르쳐야 한다고 했나요? 알맞은 낱말을 쓰고, 한자도 따라 써 보세요.

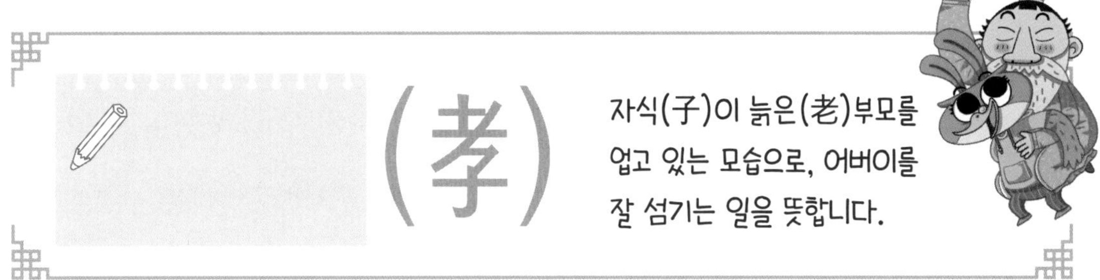

(孝)
자식(子)이 늙은(老)부모를
업고 있는 모습으로, 어버이를
잘 섬기는 일을 뜻합니다.

3 나라를 잘 다스리려면 백성들에게 무엇을 가르쳐야 할까요? 가장 중요하다고 생각하는 것 세 가지를 써 보고 이유를 말해 보세요.

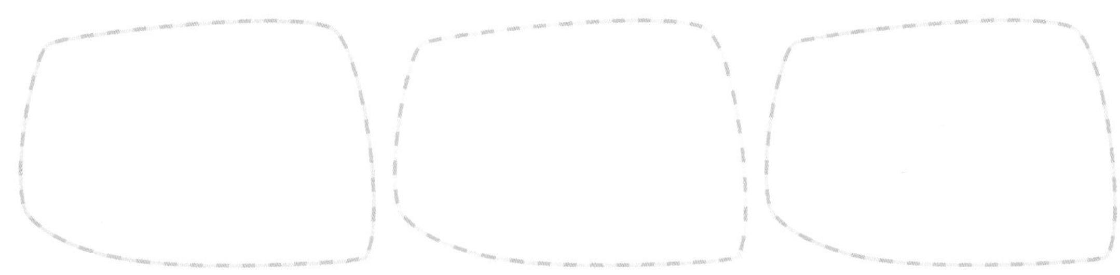

4 계환자는 왜 이번 사건이 딱하다고 할까요? 알맞은 이유를 써 보세요.

아버지와 아들이 서로 맞고소한 사건이라서 딱해요. 왜냐하면

그런데 웬걸요? 공 선생님은 누가 잘못했는지 어떤 벌을 받아야 하는지 판결은 내리지 않고, 두 사람을 함께 옥에 가두라고 하지 뭡니까, 글쎄!

참 어이없지 않아요? 나라를 잘 다스리려면 무엇보다 먼저 백성들에게 효를 가르쳐야 한다고 말한 사람이 공 선생님이잖아요. 더 따질 것도 없이 불효자식에게 엄벌을 내려야 마땅하지 않겠어요? 다른 백성들에게 본보기가 될 테니까요. 그런데 공 선생님은 잘잘못을 가려내기 어려운 사건이라며 쉽게 판결을 내리지 않더군요.

더 어이없는 것은 말이지요. 며칠 지나지 않아서 두 사람을 그냥 풀어 주었다는 거예요. 아버지와 함께 갇혀 있던 아들이 자기가 잘못했다며 아버지는 죄가 없으니 풀어 달라고 하자 아버지와 아들 둘 다 풀어 주었대요.

옥지기를 불러서 어찌된 일인지 물어보았어요.

● ㅇㅂ : 엄하게 벌을 줌, 또는 그 벌.

따져보기2

이야기를 따져 보면서 물음에 답을 찾아봐.

1 계환자는 맞고소한 아버지와 아들 중에서 누구에게 죄가 있다고 생각하나요? 알맞은 답에 동그라미 쳐 보세요.

2 여러분은 아버지와 아들 중에서 누구에게 죄가 있다고 생각하나요? 죄가 있다고 생각하는 인물의 스티커를 붙이고 이유를 써 보세요.

3 계환자가 공 선생님의 판결을 마음에 들어 하지 않는 까닭은 무엇일까요? 알맞은 이유를 써 보세요.

4 다음에서 누구의 말이 옳다고 생각하나요? 두 사람의 주장을 비교해서 동그라미에 >,=,<를 알맞게 쓰고 이유를 말해 보세요.

불효자식에게 엄벌을 내려서 백성들에게 본보기를 삼아야 한다.

잘잘못을 가려내기 어려우니 쉽게 판결을 내릴 수 없다.

“공 선생님도 처음에는 어떻게 판결해야 할지 고민하는 것 같았어요. 그런데 무슨 생각에서인지 아버지와 아들을 한방에 가두라고 하시는 거예요. 그때 마침 관청 처마 밑에서 제비들이 저저귀며 들락날락하고 있었는데요, 그 제비 집이 잘 보이는 방에 가두라고 하시더라고요. 그러고는 끼니를 푸짐하게 넣어 주라고 하셨어요.”

도대체 이게 어떻게 된 일인지 모르겠더라고요. 잘잘못을 가리기는커녕 둘 다 옥에 가둬 놓고, 끼니까지 푸짐하게 챙겨 주라니요. 저는 아버지와 아들을 불러다가 어떻게 된 일인지 물어보았어요.

“큰 벌을 받을 줄 알고 옥에 갇혀 있는데, 진수성찬이 들어와서 뜨악할 수밖에 없었어요. 그래서 먹지도 못하고 의아한 마음으로 밥상을 앞에 둔 채 마주 앉아 있었지요.”

- ㅈㅅㅅㅊ : 푸짐하게 잘 차린 맛있는 음식.
- ㄸㅇㅎㄷ(ㄸㅇㅎ) : 마음이 내키지 않아 꺼림칙하고 싫다.
- ㅇㅇㅎㄷ(ㅇㅇㅎ) : 의심스럽고 이상하다.

아들이 머뭇거리며 대답했어요.

"어색하고 쑥스러운 나머지 눈길을 밖으로 돌렸는데 마침 처마 밑 제비 집을 보게 되었어요. 어미 제비가 새끼들에게 먹이를 먹이기 위해 쉴 새 없이 제비 집을 들락거리는 모습이었어요. 그 모습을 보는데… 어린 시절 맛있는 반찬을 먹여 주시던 아버지가 생각나는 거예요. 그뿐만 아니라 아플 때나 힘들 때나 늘 온갖 정성으로 저를 키워 주신 모습도요."

아들은 새삼 감정이 북받쳐 오르는지 울먹거렸어요.

"그러자 제가 그동안 얼마나 큰 잘못을 했는지 깊이 뉘우치게 되었어요. 그래서 바로 공 선생님께 아뢰었지요. 아버지는 아무 잘못이 없고 모든 잘못은 저에게 있으니 제발 아버지를 풀어 달라고요."

급기야 아들은 울음을 터뜨렸어요. 그런 아들을 쳐다보는 아버지도 착잡해 보였어요.

"저도 제비를 바라보다가 문득 저 녀석 어릴 때가 생각나면서 미우나 고우나 제 자식이라는 생각이 들었어요. 그래서 공 선생님에게 아들의 죄를 용서해 달라고 했지요."

사연이 이렇게 된 거랍니다. 공 선생님은 두 사람의 뉘우침을 확인하고는 다시는 이런 일이 없을 거라는 약속을 받은 후, 그 자리에서 두 사람을 풀어 주었대요. 이 사건은 금세 도성에 알려졌어요. 백성들과 임금도 공 선생님을 참으로 현명한 재판장이라며 입이 마르도록 칭찬하더군요.

다른 사람들이 다 그렇게 여겨도 저는 좀 생각이 달라요. 사람이라면 마땅히 지켜야 할 도리가 효인데, 그런 도리를 저버린 아들 녀석을 뉘우친다고 그냥 풀어 주는 건 도저히 받아들일 수가 없어요. 본보기로 삼아 엄하게 벌을 내려야 마땅하다고 생각하거든요.

● **ㅊㅈㅎㄷ(ㅊㅈㅎ)** : 마음이 복잡하고 어수선하다.

따져보기3

이야기를 따져 보면서 물음에 답을 찾아봐.

사실 **1** 공 선생님이 아버지와 아들을 감옥에 가두면서 내건 조건은 두 가지였어요. 무엇인지 빈칸에 알맞은 낱말을 써 보세요.

조건① ______ 이/가 잘 보이는 방에 가두기.

조건② ______ 을/를 푸짐하게 넣어 주기.

논리 **2** 공 선생님은 왜 이러한 조건을 갖추어서 아버지와 아들을 감옥에 가두었을까요? 자신의 생각을 써 보세요.

창의 **3** 효와 관련된 사자성어 '반포지효'를 만화로 살펴보고, 아들에게 무슨 말을 해 주면 좋을지 생각해 보세요.

먹이를 물고 어디 가니?
우리 부모님께 드리려고….

부모님이 나이 드셔서 힘이 없으니 먹이를 물어다 드리는 거야.
그래서 '반포지효反哺之孝'라는 말이 있구나!

돌이킬 반 먹일 포 효도 효.
까마귀가 자라서 늙은 어미에게 먹이를 물어다 주는 효.

부모에게 은혜를 갚는 효심을 이르는 말이지.
우리를 보고 좀 배우라고!

그래서 이튿날 임금과 신화들 앞에서 공 선생님에게 따졌지요. 나라 법에 따라 재판을 맡은 벼슬아치라면 당연히 엄벌로 다스려야지 어찌 그냥 풀어 준 것이냐고 다그쳤어요.

그랬더니 공 선생님이 뭐라고 한 줄 아세요? 먼 옛날 어진 임금이 어떻게 백성을 다스렸는지 늘어놓더니 제대로 가르치지도 않고 죄를 묻는 것은 옳은 일도 바른 일도 아니라고 하지 뭡니까? 이 사건의 경우 아버지가 아들을 제대로 가르치지 않았으니 아들이 잘못을 모르는 것이 당연하다는 겁니다. 그러니까 스스로 잘못을 깨우치게 한 뒤에 만약 또다시 그와 같은 몹쓸 짓을 한다면 처벌해야 옳다는 것이었어요.

일리 있는 말 같았어요. '자식은 부모의 거울'이라는 말도 있잖아요. 사람의 도리를 가볍게 여기는 요즘 세상에 바른 이치를 스스로 깨우치는 게 중요하니까요.

그런데 가만히 듣고 보니 영 기분이 좋지 않았어요. 꼭 저 들으라고 하는 말 같아서요. 우리 가문이 왕실보다 힘이 세서 제가 이 나라의 재상을 맡아 나라를 다스리고 있는데, 이게 바른 이치가 아니라고 비꼬는 것 같은 기분이 들었다니까요. 다른 벼슬아치들과 백성들도 그런 눈치였어요.

뭐, 그렇다 하더라도 전 말이지요. 그런 불효자식은 딱 부러지게 혼을 내야 한다고 생각해요. 다시는 이런 일이 일어나지 않아야 하니까요. 전 공 선생님이 틀렸다고 생각해요. 그래서 이참에 공 선생님을 벼슬자리에서 물러나게 해야 한다고 생각해요. 그게 옳겠지요?

- **ㅇㄹ** : 옳은 데가 있어 받아들일 만한 이치.
- **ㄸ ㅂㄹㅈㄱ** : 아주 단호하게.

따져보기4

이야기를 따져 보면서 물음에 답을 찾아봐.

1 공 선생님의 판결을 어떻게 생각하나요? 자신의 의견에 동그라미 치고 이유를 써 보세요.

아들이 잘못을 뉘우쳤으니 풀어 주는 게 (옳다 , 옳지 않다). 왜냐하면

2 여러분이 재판장이라면 이 사건을 어떻게 해결할 건가요? 방법을 생각해서 써 보고, 왜 그 방법이 좋은지 이유를 말해 보세요.

3 '자식은 부모의 거울'이라는 말의 뜻을 생각해 보고, 부모님과 자신의 비슷한 점을 찾아 써 보세요.

4 공 선생님의 말을 듣고 계환자는 기분이 좋지 않았어요. 이 상황을 잘 표현한 속담을 찾아 동그라미 쳐 보세요.

닭 잡아먹고 오리발 내놓기.	도둑이 제 발 저리다.	사촌이 땅을 사면 배가 아프다.

간추리기1 공 선생전

역사가가 계환자와 공 선생님 이야기를 그림과 함께 역사책에 담으려고 한대. **그림에 어울리는 제목을 써 봐.**

공 선생전 - 아버지와 아들의 재판

간추리기2 부자 재판

공 선생님의 재판을 그린 옛 그림인데, 오래되어서 그림에 쓴 글이 지워졌어. **무슨 내용인지 알 수 있도록 아버지와 아들이 주장한 내용을 써 봐.**

공 선생, 서로를 고소한 아버지와 아들을 판결하다

아버지를 벌해 주세요. 아버지가요,

아들을 벌해 주세요. 아들이요,

짚어보기1 계환자의 질문

맞고소한 아버지와 아들을 지켜보는 계환자와 공 선생님의 마음은 어땠을까? **이들의 마음이 어땠을지 짐작해서 그림말을 붙이고, 어떤 마음인지 써 봐.**

참으로 기분 나쁘고 고약한 사건이군.

부모와 자식은 인간 관계의 가장 기본인데….

스티커

스티커

스티커

스티커

스티커

스티커

스티커

스티커

짚어보기2 누구를 닮아

아들은 누구를 닮아 저러는 걸까? 등장인물들은 아들이 누구를 닮았다고 생각할까? **이들의 생각을 짐작해서 써 보고, 네 생각도 말해 봐.**

아들은 아마도…

'자식을 보기 전에 어머니를 보랬다'고

아들의 아버지

아들은 아마도…

'그 아버지에 그 아들'이라고

어머니

아들은 아마도…

'부모가 온효자 되어야 자식이 반효자'라고

계환자

저는 아마도…

제가 누구를 닮았냐고요?

아들

짚어보기3 계환자의 재판

계환자가 이 사건을 재판한다면 어떻게 판결할까?
계환자가 어떤 죄를 묻고 어떤 벌을 내릴지 짐작해서 써 봐.

죄

아들을 위해서
아들이 잘되기를 바라는
마음으로 한 건데…

아버지

벌

죄

아버지가
자꾸 때리니까
화가 나서…

아들

벌

죄

그저 아들이 예뻐서
예뻐했던 것 뿐인데…

어머니

벌

짚어보기4 다른 생각

임금과 신하들, 그리고 백성들은 이번 사건을 어떻게 생각할까? **이들의 생각을 짐작해서 그래프에 색칠하고 그렇게 짐작한 이유를 말해 봐.**

엄벌로 다스려야지요! 공 선생은 물러나시오!
시끄럽구나! 각자 생각의 정도만큼 색칠해 보아라.
가르친 다음에 처벌하든 말든 하는 게 옳소!

공 선생의 생각이 맞다.

공 선생이 물러나는 데 찬성한다.

짚어보기5 크냐 작으냐

공 선생님의 이야기를 잘 들어 보고, **이야기에 나온 인물과 인물을 짝을 지어 빈칸에 써 봐.**

어질 인(仁)은 사람(人)과 사람(人), 두 사람이 만나서 이루어지는 관계를 설명하는 말입니다. 사람과 사람 사이의 관계가 바르게 회복된다면 사회도 바르게 회복될 것입니다.

(사람 + 사람) = (두) (사람) = (어질 인)

人 + 人 = 二 + 人 = 仁

어질다는 남을 사랑하고, 마음이 너그럽고, 착하며 슬기롭고 덕이 높다는 뜻입니다.

보고하기 가리사니 생각

계환자는 공 선생님의 판결을 어떻게 받아들여야 할까?
계환자가 어떻게 해야 할지 **타당한 근거를 들어 네 생각을 써 봐.**

문제 상황 1 → **불효자식은 딱 부러지게 혼을 내야 한다고 생각해요.**
다시는 이런 사건이 일어나지 않아야 하니까요.

문제 상황 2 → **공 선생님이 틀렸다고 생각해요.**

문제 상황 3 → **그래서 이참에 공 선생님을 벼슬자리에서 물러나게 해야 한다고 생각해요.**

제목

서론
문제 상황
+
내 주장

본론
근거 1

근거 2

결론
요약
+
강조

어휘다지기 계환자 뒤풀이

계환자가 낱말 퀴즈 뒤풀이를 열었어. 낱말 퀴즈를 풀어서 가리사니 힘을 다져 보자고. **요지카를 보면서 문제를 풀어 봐.**

1 다음은 계환자가 현명한 재판장을 뽑을 때 쓰려고 마련해 둔 시험 문제예요. 알맞은 답을 써 보세요.

1. 빈칸에 공통으로 들어갈 한 글자를 쓰세요.

   살림☐ = 가정☐ = 여염☐

2. 다음 중 가장 일리가 있는 말을 찾아 V표 하세요.

   ☐ 딴소리 ☐ 헛소리 ☐ 군소리 ☐ 똑소리

3. 다음 중 엄벌을 내릴 수 없는 죄를 찾아 V표 하세요.

   ☐ 죽을죄 ☐ 괘씸죄 ☐ 꾀죄죄

2 아버지와 아들의 소송을 듣고 사람들이 보인 반응이에요. 그런데 너무 당황한 나머지 틀린 글자가 있어요. 틀린 글자에 X표 하고 바르게 고쳐 써 보세요.

아버지와 아들의 맞고소 사건은 너무 의악했어. ☐

☐ 아무리 현명한 재판장이라도 이번 사건은 뜨학할 것 같아.

☐ 아버지 입장에서 자식에게 고소당하면 참 참찹하겠지.

3 계환자가 아버지와 아들에게 수수께끼를 냈는데, 도무지 짐작도 못하고 있어요. 아버지와 아들 대신에 수수께끼의 답을 써 보세요.

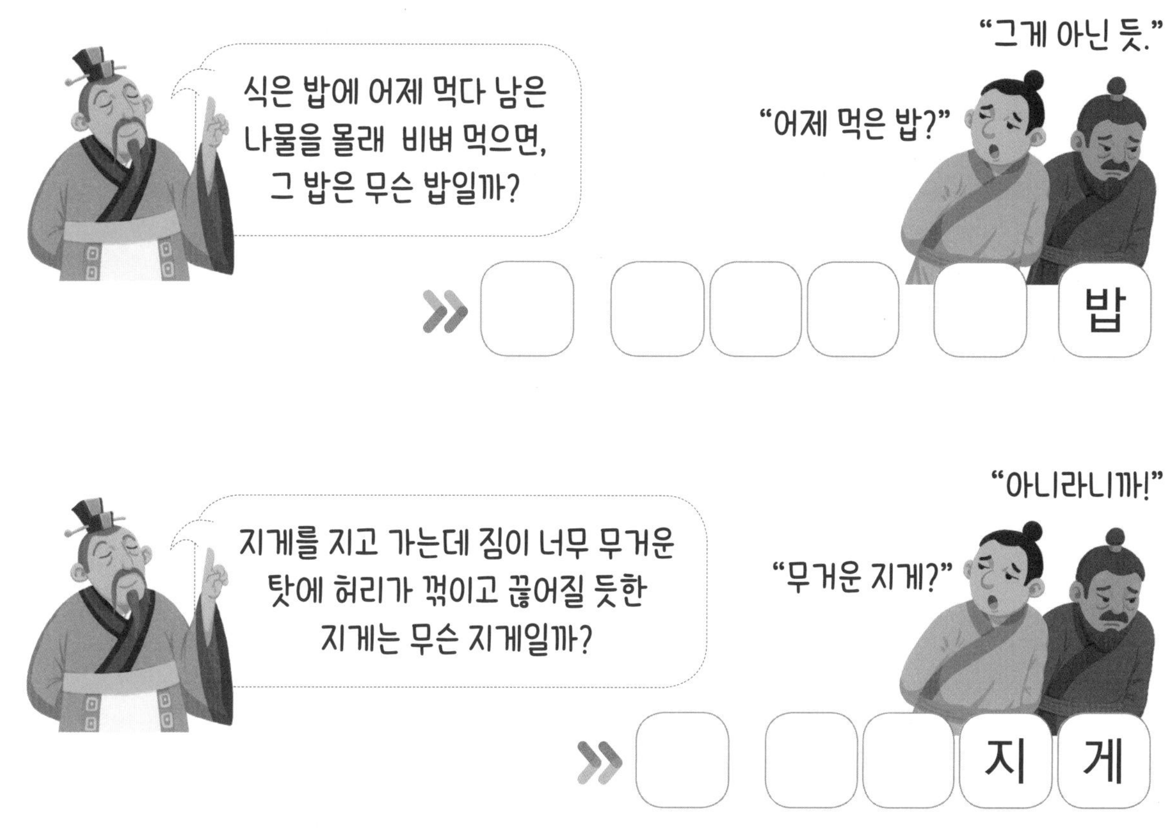

식은 밥에 어제 먹다 남은 나물을 몰래 비벼 먹으면, 그 밥은 무슨 밥일까?
"그게 아닌 듯."
"어제 먹은 밥?"
밥
지게를 지고 가는데 짐이 너무 무거운 탓에 허리가 꺾이고 끊어질 듯한 지게는 무슨 지게일까?
"아니라니까!"
"무거운 지게?"
지 게

4 다음은 네 글자로 이루어진 사자성어예요. 낱말의 뜻을 보고, 뒤죽박죽 섞인 글자를 바르게 써 보세요.

전전부자
父 傳 子 傳
그 아버지에
그 아들이니까…
푸짐하게 차린
맛있는 음식을…?
찬성수진
珍 羞 盛 饌

4장

고르디아스의 매듭

관련교과

- [국어 5학년 1학기] 글쓴이의 주장
- [국어 5학년 2학기] 지식이나 경험을 활용해요
- [국어 5학년 2학기] 중요한 내용을 요약해요

프리기아 왕국의 제사장에게 어처구니없는 일이 있었나 봐.
뭔가 잘못된 것 같은데 헷갈려 하고 있어. 제사장의 이야기를
듣고 옳은지 그른지 말해 줘!

준비하기 보물 상자

사바지오스 신전에 있는 보물 상자인데 열기만 하면 황금이 쏟아져 나온대. **어떻게 하면 보물 상자를 열 수 있을지 좋은 방법을 생각해서 말해 봐.**

열쇠는 5개
여는 데 주어진 시간 **5초!**
여는 사람이 임자!

훑어보기 네 번째 요지경

가라사대왕이 이야기나라의 보물, 요지경을 선물로 주었어.
요지경을 보면서 무슨 일이 벌어졌는지 짐작해 보자.

먼저, 활동지에 있는 요지경을 직접 만들어 보자. 활동지 13~16쪽

요지경에 있는 그림을 요리조리 살펴보자.

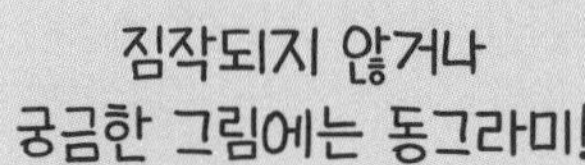

들어보기 이야기를 읽으면서 중요한 낱말은 요지카로 익혀 보자.

초성으로 제시된 낱말을 찾아 색칠해 봐. 활동지 23쪽

제사장 이야기

알렉산드로스 왕은 참 어처구니없는 사람이에요. 매듭을 풀라고 했지, 누가 잘라 내도 된다고 했나. 그럴 거라면 누가 못 푼다고, 나 참…!

저는 프리기아 왕국의 수도 고르디온에 있는 신전을 지키는 제사장인데요. 아니지, 고르디아스의 달구지를 지키는 제사장이라고 해야 하나? 어휴, 답답해서 어디서부터 이야기해야 할지 모르겠지만요. 아무튼 이 무지막지한 마케도니아의 왕 알렉산드로스가 한 짓이 옳은지 들어 보세요.

우리 프리기아는 모든 신 중의 으뜸인 제우스의 아들 사바지오스를 받드는 나라예요. 그런데 한때 우리 프리기아에 마땅한 왕이 없었어요. 왕의 자리를 두고 다툼이 벌어져 나라가 무척 어지러웠지요. 하는 수 없이 누가 프리기아의 왕이 될 것인지 사바지오스 신에게 물었는데요. 사바지오스 신은 두 바퀴 달구지를 타고 첫 번째로 신전에 들어오는 사람이 왕이 될 거라고 예언했습니다.

- **ㅅㅈ** : 주로 서양이나 인도에서 신을 모신 큰 건물.
- **ㅈㅅㅈ** : 신에게 제사드리는 일을 맡아보던 사람.
- **ㅁㅈㅁㅈㅎㄷ(ㅁㅈㅁㅈㅎ)** : 하는 짓이 매우 거칠고 사납다.
- **ㄷㄱㅈ** : 소나 말이 끄는 짐수레.

사실 프리기아에는 두 바퀴 달구지가 드물어서 모두들 이상한 일이라고 생각했어요. 그런데 예언대로 때마침 시골 농부였던 고르디아스가 두 바퀴 소달구지를 타고 신전으로 들어오는 게 아니겠어요. 사바지오스 신의 뜻대로 우리는 고르디아스를 프리기아의 새 왕으로 모셨지요.

고르디아스 왕은 새로운 도시 고르디온을 건설해서 수도로 삼고 어지러운 나라를 다스렸습니다. 그리고 사바지오스 신전에 들어올 때 타고 왔던 두 바퀴 달구지를 사바지오스 신전에 바쳤어요. 그 달구지 덕에 왕이 되었으니까요!

고르디아스 왕은 달구지를 신전 기둥에 줄로 꽁꽁 묶어 두었어요. 그냥 대충 묶어 둔 게 아니라 아주아주 복잡한 매듭을 지어서 묶었지요.

그러고는 사바지오스 신의 뜻이라며 이 매듭을 푸는 이가 프리기아는 물론이고 근처 이웃나라 모두를 정복하여 다스리는 위대한 대왕이 될 것이라고 했습니다. 마치 자신이 사바지오스 신의 예언과 같이 프리기아의 왕이 된 것처럼 말이죠.

고르디아스의 예언을 들은 수많은 영웅들이 사바지오스 신전을 끊임없이 찾아 왔어요. 달구지 매듭을 풀어 보려고요. 그러나 어느 누구도 풀지 못했어요. 애만 쓰다가 포기한 채 돌아가고는 했습니다.

그러던 어느 날, 알렉산드로스 왕이 신전에 나타났어요. 알렉산드로스 왕이 나타날 거라고 짐작은 하고 있었어요. 알렉산드로스 왕은 마케도니아의 젊은 왕인데요, 벌써 바다 건너 동쪽의 큰 나라 페르시아까지 정복하고 우리 프리기아까지 단숨에 밀고 들어왔거든요.

알렉산드로스 왕도 당연히 소문을 들었겠지요. 한창 기세 좋게 나라를 넓혀 가던 때였으니까 달구지 매듭을 푸는 이가 위대한 대왕이 될 것이라는 예언에 귀가 솔깃할 수밖에 없었을 거예요.

알렉산드로스 왕도 다른 사람들처럼 매듭을 풀려고 달려들었지요. 하지만 뜻대로 안 되었어요. 그게 쉽게 풀릴 매듭이 아니거든요.

- **ㄷㅅㅇ** : 쉬지 않고 곧장.
- **ㅅㄱㅎㄷ(ㅅㄱㅎ)** : 그럴듯해 보여 마음이 끌리다.

따져보기1

이야기를 따져 보면서 물음에 답을 찾아봐.

논리 **1** 고르디아스가 왕이 될 자격이 있다고 생각하나요? 자신의 생각에 동그라미 치고 이유를 써 보세요.

달구지를 타고 신전으로 온 고르디아스는 왕이 될 자격이 (있다 , 없다).

왜냐하면

추론 **2** 왜 고르디아스는 사바지오스 신전에 자신이 타고 왔던 달구지를 바치고 매듭을 복잡하게 묶어 놓았을까요? 이유를 짐작해서 써 보세요.

추론 **3** 왜 수많은 영웅들은 고르디아스의 매듭을 풀려고 했을까요? 알맞은 설명에 모두 동그라미 치고 그렇게 생각한 이유를 말해 보세요.

- 고르디아스 왕의 말을 예언처럼 믿었기 때문이다. ☐
- 위대한 대왕이 되고 싶었기 때문이다. ☐
- 자신이 매듭을 풀 수 있을 거라고 생각했기 때문이다. ☐

사실 **4** 알렉산드로스가 어떤 사람인지 소개하는 문장에 알맞은 낱말 스티커를 붙여 보세요.

[스티커] 의 젊은 왕으로 바다 건너 [스티커] 까지 정복하고 단숨에 [스티커] 까지 밀고 들어왔다.

여느 영웅들이 그랬던 것처럼 포기할 줄 알았는데, 글쎄 칼을 쑥 빼들더니 매듭을 뎅겅 잘라 버리는 게 아니겠어요! 알렉산드로스 왕은 이제 자신이 온 세상을 다스리는 대왕이 될 거라며 큰소리를 쳤어요.

무척 당황스러웠어요. 기둥에서 달구지가 풀린 것은 맞지만 매듭을 잘라 버린 것은 뭔가 잘못이지 싶었거든요. 하지만 뭐라고 해야 할지도 모르겠더군요. 게다가 아무리 기도해 봐도 사바지오스 신은 꿀 먹은 벙어리였어요.

달구지를 끌고 가는 알렉산드로스를 지켜볼 수밖에요. 실은 알렉산드로스 왕의 위세가 두렵기도 했지만, 엉큼한 데다 능청스러운 알렉산드로스가 무슨 짓을 더 할지 몰라 겁이 나서 가만있었다고 해야겠네요. 알렉산드로스 왕이 얼마나 엉큼하고 능청맞은지 이야기를 들어서 잘 알고 있었거든요.

● ㄲ ㅁ ㅇ ㅂ ㅇ ㄹ : 마음속에 있는 생각을 말하지 못하는 사람을 이르는 말.

따져보기2

이야기를 따져 보면서 물음에 답을 찾아봐.

1 매듭을 자른 것을 풀었다고 할 수 있을까요? 자신의 생각에 동그라미 치고 이유를 말해 보세요.

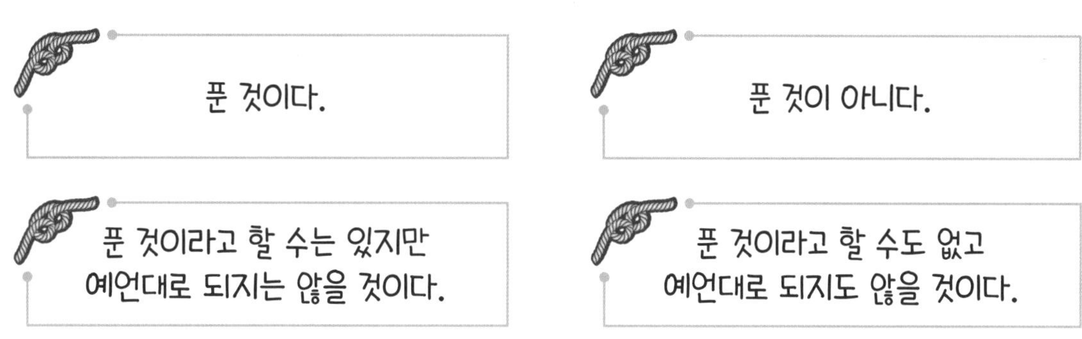

푼 것이다.
푼 것이 아니다.
푼 것이라고 할 수는 있지만 예언대로 되지는 않을 것이다.
푼 것이라고 할 수도 없고 예언대로 되지도 않을 것이다.

2 다음 문장에서 밑줄 친 부분을 다른 말로 바꿔 써 보세요.

아무리 기도해 봐도 사바지오스 신은 꿀 먹은 벙어리였어요.

아무리 기도해 봐도 사바지오스 신은 ____________

3 제사장은 왜 알렉산드로스가 매듭을 자른 게 잘못이라고 생각하면서도 가만있는 걸까요? 이유를 써 보세요.

4 알렉산드로스가 온 세상을 다스리는 대왕이 될 자격이 있다고 생각하나요? 자신이 생각하는 대왕의 자격을 써 보세요.

대왕이 될 자격은 ____________

그러므로 알렉산드로스는 대왕이 될 자격이 (있다 , 없다).

그 얘기를 좀 하기는 해야겠네요. 알렉산드로스 왕이 전쟁에 나갔을 때 일인데요, 한번은 열 배나 많은 적과 맞서 싸울 때였다고 합니다. 병사들은 이제 다 죽었구나 하고 겁에 질려 있었대요. 싸움은 보나 마나 지게 생겼지요. 그런데 이때 알렉산드로스 왕이 동전을 하나 꺼내 들더니 이렇게 말했대요.

"신께서 내게 계시를 내리셨다. 이 동전으로 우리 운명을 보여 주신다고 말이다. 동전을 던져 앞면이 나온다면 우리는 승리할 것이고 뒷면이 나온다면 우리는 패배할 것이다."

알렉산드로스 왕은 비장한 표정으로 동전을 높이 던졌대요. 동전이 바닥에 떨어지자 모두들 숨죽인 채 동전을 바라보았다지요. 동전의 무늬가 번쩍이는 것을 보고 병사들은 소리를 질렀답니다. 무늬가 있는 면이 앞면이었거든요. 병사들은 이 싸움에서 승리하는 것이 운명이라고 굳게 믿었지요. 그리고 실제로도 열 배나 되는 적군에 맞서 크게 이겼다고 합니다. 믿을 수 없게도 말입니다.

- ㅂㄴ ㅁㄴ : 확인하지 않아도 틀림없이.
- ㅂㅈㅎㄷ(ㅂㅈㅎ) : 슬프면서도 감정을 억눌러 씩씩하고 장하다.

따져보기3

이야기를 따져 보면서 물음에 답을 찾아봐.

1 알렉산드로스의 병사들은 왜 겁에 질려 있었나요? 이유를 써 보세요.

2 싸움에서 질 거라고 생각했던 병사들이 다시 이길 거라고 생각이 바뀐 이유는 무엇일까요? 짐작해서 써 보세요.

3 병사들이 싸움에서 승리한 이유는 무엇일까요? 알맞은 것에 모두 동그라미 치고, 또 다른 이유가 있다면 더 써 보세요.

운명	승리할 거라고 믿는 마음	전쟁을 잘 이끈 알렉산드로스 왕	싸움을 못한 적	우연	열심히 싸운 병사들

4 싸움을 앞두고 동전으로 운명을 점친 알렉산드로스의 행동을 어떻게 생각하나요? 옳은 행동이었는지 따져 보고 자신의 생각을 써 보세요.

싸움이 끝나고 승리를 축하하는 잔치에서 한 장수가 알렉산드로스 왕에게 말했답니다.

"운명이란 참 무서운 것이군요. 동전의 앞면이 나온 대로 우리가 이 전쟁에서 승리하다니요…!"

그러자 알렉산드로스 왕이 씩 웃으며 말했대요.

"과연 그럴까? 장군에게만 알려 주지. 사실 그 동전은 양면이 모두 앞면이었다네!"

이럴 수가! 아주 드물기는 하지만 실수로 앞면과 뒷면이 같은 동전이 만들어지기도 하는데, 알렉산드로스 왕이 그것을 가지고 있다가 때맞춰 써먹은 거예요. 무지막지할 뿐만 아니라 얼마나 엉큼하고 능청스러운 사람인지 아시겠지요?

따져보기4

이야기를 따져 보면서 물음에 답을 찾아봐.

1 만약 알렉산드로스가 던진 동전이 땅바닥에 세로로 꽂혀 앞면과 뒷면이 모두 보였다면 어땠을까요? 각 인물이 어떤 표정을 지었을지 스티커를 붙여 보세요.

2 운명이 있다고 생각하나요? 자신의 생각에 동그라미 치고 뒷받침 하는 내용을 써 보세요.

3 제사장처럼 알렉산드로스 왕이 엉큼하고 능청스럽다고 생각하나요? 자신의 생각을 이유와 함께 써 보세요.

하지만 신전을 지키는 제사장으로서 가만히 있을 수만은 없었어요. 목숨을 걸고 알렉산드로스 왕에게 따지러 갔지요.

알렉산드로스 왕은 고르디아스 왕의 두 바퀴 달구지를 가운데 두고 신하들과 함께 잔치를 벌이고 있었어요. 이미 온 세상을 지배하는 대왕이 된 것처럼 보였지요. 저는 알렉산드로스 왕에게 따졌어요.

"매듭을 잘라 버린 것은 푼 것이 아닙니다. 그것은 누구나 할 수 있는 일이니, 알렉산드로스 왕은 달구지를 차지할 자격이 없습니다. 달구지를 다시 신전에 갖다 놓아야 합니다."

잔치가 벌어져 떠들썩하던 궁전이 갑자기 조용해지더군요. 알렉산드로스 왕은 물끄러미 나를 바라보았어요. 알렉산드로스 왕이 당장이라도 칼을 빼 들 것만 같았지요.

그런데요, 참 의외였어요. 알렉산드로스 왕은 엉뚱하게도 잔칫상에 놓인 달걀을 가리키더니 그 달걀을 세워 보라고 하는 것이었어요. 성공하면 달구지를 돌려주겠다고 하면서요.

참 나, 달걀을 어떻게 세운다고. 저는 어쩔 줄 모르고 멍하니 있었지요. 그러자 왕이 달걀을 집어들더니 달걀 밑동을 살짝 깨뜨려 잔칫상에 세우더라고요.

"누구나 할 수 있는 일이라고 했소? 누군가를 따라 하는 것은 쉽지. 하지만 무슨 일이든 처음 하는 것은 누구나 할 수 있는 일이 아니지. 그렇지 않소?"

씩 웃으며 말하는 알렉산드로스 왕 앞에서 저는 어안이 벙벙해서 쫓겨나듯이 나올 수밖에 없었어요.

무지막지하고 엉큼한 왕인 줄 알았지만 그렇게 영악한 줄은 미처 몰랐어요. 전 아직도 알렉산드로스 왕이 고르디아스 왕의 달구지 매듭을 푼 게 아니라고 믿어요. '자르다'와 '풀다'는 다른 것이지요. 그렇지 않아요?

● ㅇㅇㅎㄷ(ㅇㅇㅎ) : 이해가 밝으며 약다.

간추리기1 신전의 예언

제사장이 나중에 신전 벽에 적힌 예언을 발견했는데 글자가 섞여 있어서 알아보기 힘들었대. **무슨 말인지 예언을 바르게 고쳐 써 봐.**

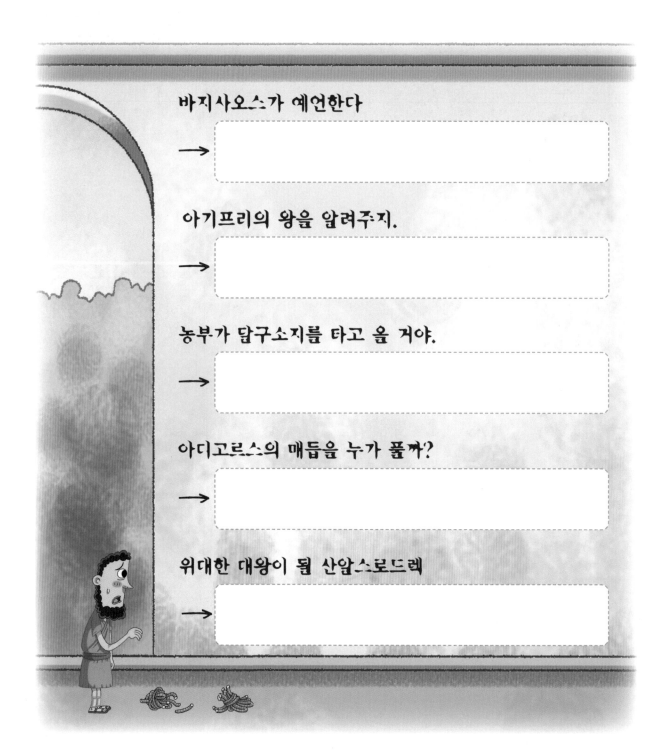

바지사오스가 예언한다

→

아기프리의 왕을 알려주지.

→

농부가 담구소지를 타고 올 거야.

→

아디고르스의 매듭을 누가 풀까?

→

위대한 대왕이 될 산알스로드렉

→

간추리기2 신전의 그림

제사장이 알렉산드로스 이야기를 신전에 그림으로 남겨 놓았대. **그림을 보고 어울리는 설명글을 써 봐.**

짚어보기1 매듭을 뎅겅

알렉산드로스가 매듭을 풀었다고 할 수 있을까? **다른 이들의 생각을 짐작해서 O나 X에 동그라미 치고 그렇게 생각한 까닭을 써 봐.**

사바지오스 신 O X

알렉산드로스 O X

고르디아스 왕 O X

알렉산드로스 부하 O X

짚어보기2 세 가지 질문

제사장의 꿈에 고르디아스 왕이 나와서 제사장이 궁금한 것을 물어보는데, 질문은 단 세 개만 할 수 있었대. **무엇을 물어보면 좋을지 질문을 쓰고, 고르디아스 왕의 답변도 짐작해서 말해 봐.**

왕이시여,
궁금한 게 있어요.

그래,
물어보아라.
단, 질문은 세 개만!

Q

Q

Q

짚어보기3 달걀 세우기

사바지오스 신이 제사장에게 나타나 네 가지 질문을 던졌는데 제사장은 이 질문에 답하는 과정에서 깨달음을 얻었대. **사바지오스 신의 질문에 답을 쓰면서 달걀을 세우는 방법을 생각해 봐.**

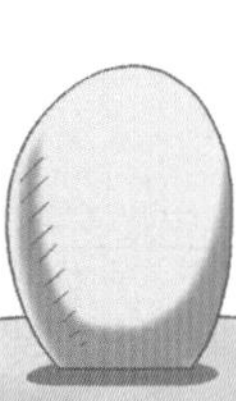

세우다는 '굽어 있거나 누워 있는
것을 곧게 일으키다. 또는 위로 향
하게 하다.'는 뜻이에요.

달걀은 굽어 있거나 누워 있는 것일까?

달걀은…

달걀의 위와 아래는 어디일까?

달걀의 위아래는… 

그럼 달걀은 어떻게 세울 수 있을까?

아하, 

짚어보기4 '풀다'의 풀이

제사장과 알렉산드로스가 이해한 '풀다'의 뜻이 다른 것 같아서 사전에서 '풀다'를 찾아보았어. **빈칸에 들어갈 글자를 쓰고 두 사람이 생각하는 '풀다'의 뜻은 무엇이었는지 번호를 써 봐.**

1 '보따리를 풀다.'
[ ] 이거나 감기거나 합쳐진 것 따위를 그렇지 아니한 상태로 되게 하다.

2 '생각을 풀어 나가다.'
생각이나 이야기 따위를 [ ] 하다.

3 '노여움을 풀다.'
일어난 감 [ ] 따위를 누그러뜨리다.

4 '소원을 풀다.'
마음에 맺혀 있는 것을 해 [ ] 하여 없애거나 품고 있는 것을 이루다.

5 '궁금증을 풀다.'
모르거나 복잡한 [ ] 제 따위를 알아내거나 해결하다.

6 '외출 금지를 풀다.'
금지되거나 제한된 것을 할 수 있도록 [ ] 놓다.

7 '개를 풀지 마시오.'
가축이나 사람 따위를 우리나 틀에 가 [ ] 지 아니하다.

8 '코를 풀다.'
콧물을 밖으로 [ ] 오게 하다.

짚어보기5 신전의 칼

알렉산드로스 왕이 매듭을 잘랐던 칼을 신전 벽에 꽂아 놓고 예언을 남겼대. **어떻게 하면 칼을 뽑을 수 있을지 방법을 생각해서 써 봐.**

이 칼을
손 대지 않고 뽑아내는 사람은
온 세상을 지배할 것이다.

알렉산드로스 왕의 칼을 손 대지 않고 뽑아내는 방법은…

보고하기 가리사니 보고

알렉산드로스가 매듭을 풀었다고 할 수 있을까? 제사장의 질문에 어떻게 답해야 할지 **타당한 근거를 들어 네 생각을 써 봐.**

무지막지하고 엉큼한 왕인 줄 알았지만 그렇게 영악한 줄은 미처 몰랐어요.

문제 상황 1 → **전 아직도 알렉산드로스 왕이 고르디아스 왕의 달구지 매듭을 푼 게 아니라고 믿어요.**

문제 상황 2 → **'자르다'와 '풀다'는 다른 것이지요. 그렇지 않아요?**

제목

서론

문제 상황 + 내 주장

본론

근거 1

근거 2

결론

요약 + 강조

어휘다지기 제사장 뒤풀이

제사장이 낱말 퀴즈 뒤풀이를 열었어. 낱말 퀴즈를 풀어서 가리사니 힘을 다져 보자고. **요지카를 보면서 문제를 풀어 봐.**

1 알렉산드로스가 금화에 글자를 새겨 넣었는데, 오래되어서 보이지 않는 부분이 있어요. 알맞은 낱말을 요지카에서 찾아 써 보세요.

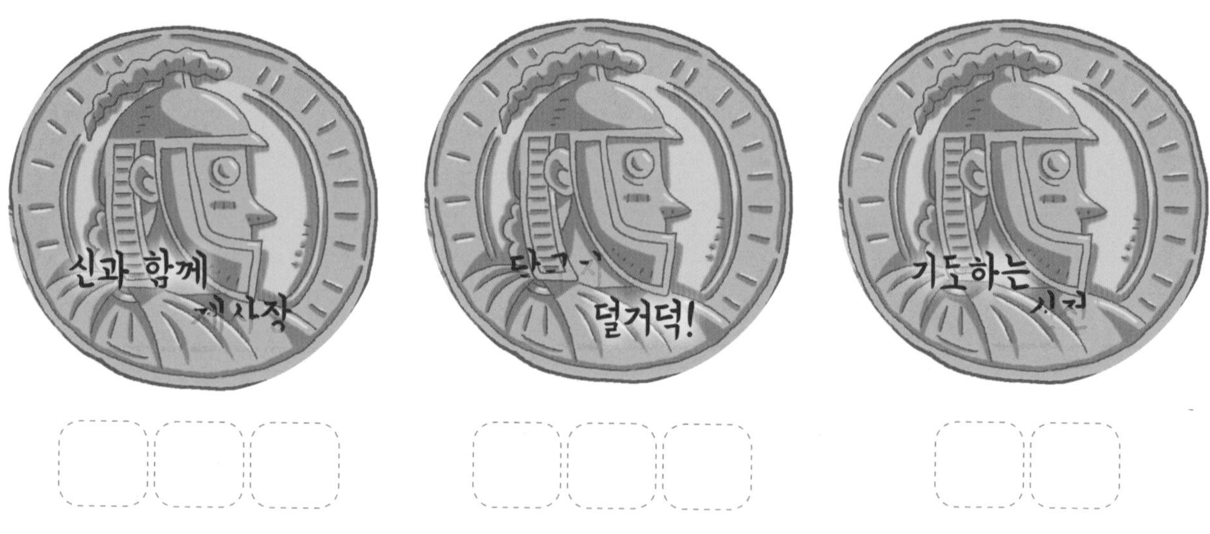

2 알렉산드로스가 고르디아스의 매듭을 풀 때 적어 놓은 글이에요. 빈칸에 들어갈 낱말은 무엇인지 문장에서 글자를 찾아 써 보세요.

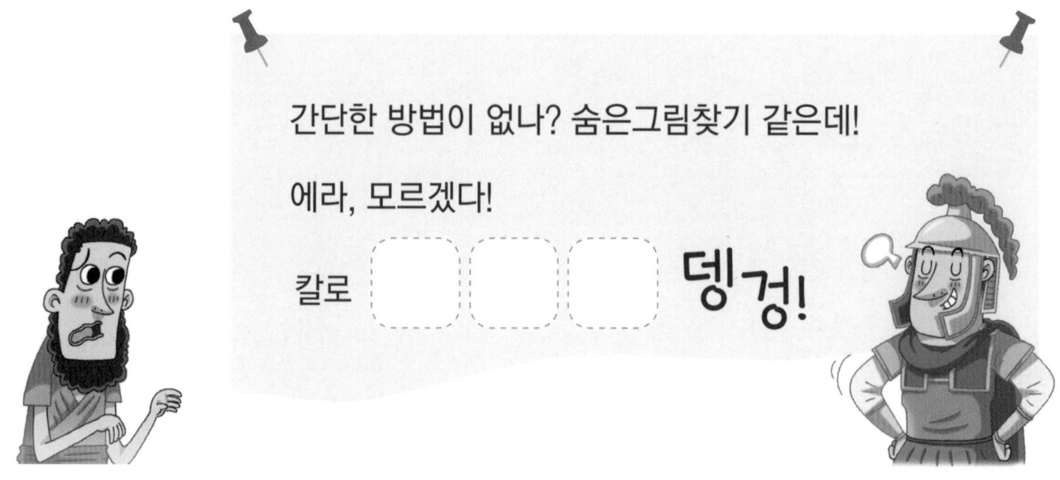

간단한 방법이 없나? 숨은그림찾기 같은데!
에라, 모르겠다!
칼로
뎅겅!

3 다음 문장에 공통으로 들어갈 말은 무엇일까요? 빈칸에 써 보세요.

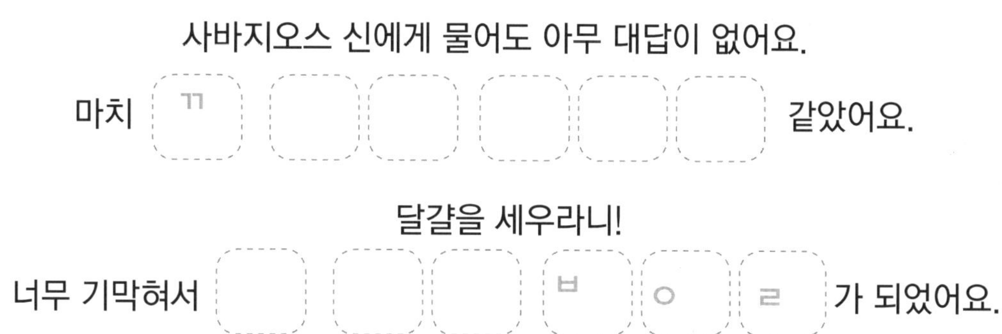

사바지오스 신에게 물어도 아무 대답이 없어요.
마치 ㄲ 같았어요.
달걀을 세우라니!
너무 기막혀서 ㅂ ㅇ ㄹ 가 되었어요.

4 알렉산드로스가 매듭을 풀고 나서 쓴 글인데, 틀린 글자가 있어요. 틀린 글자에 X표 하고 낱말을 바르게 써 보세요.

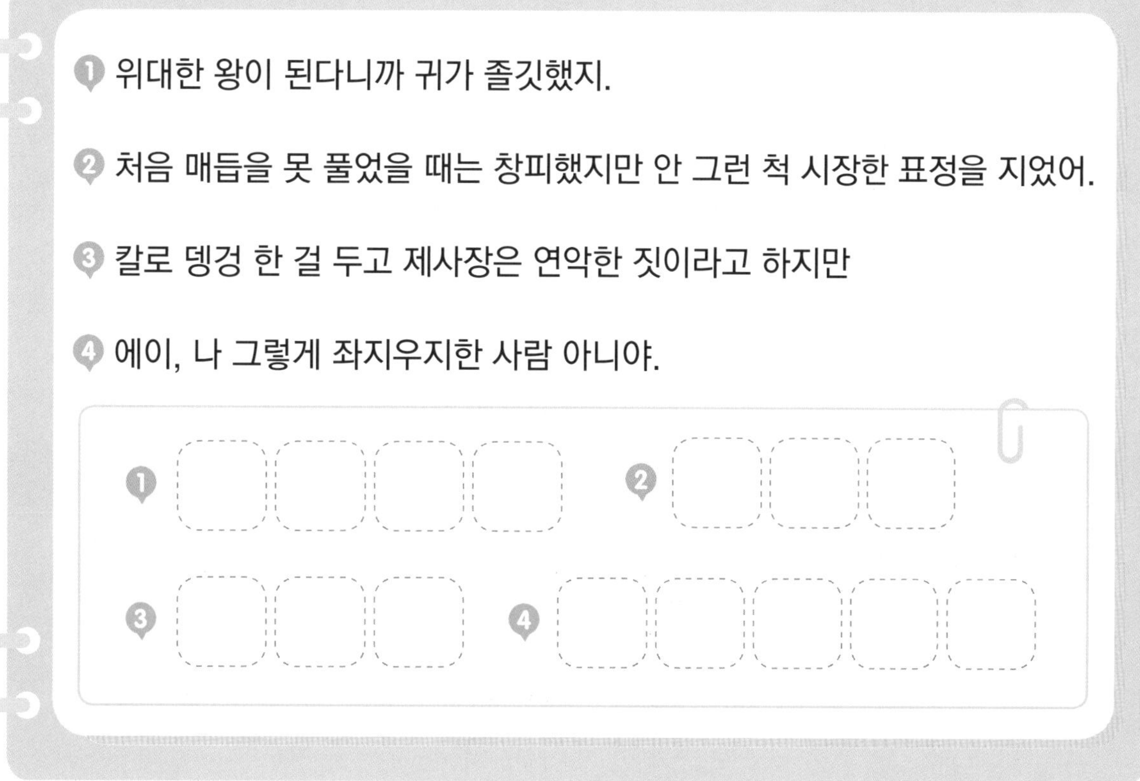

1 위대한 왕이 된다니까 귀가 졸깃했지.
2 처음 매듭을 못 풀었을 때는 창피했지만 안 그런 척 시장한 표정을 지었어.
3 칼로 뎅겅 한 걸 두고 제사장은 연악한 짓이라고 하지만
4 에이, 나 그렇게 좌지우지한 사람 아니야.
1
2
3
4

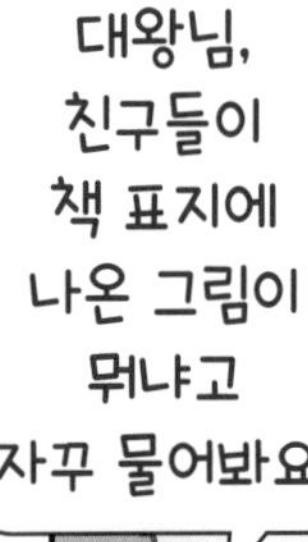

대왕님, 친구들이 책 표지에 나온 그림이 뭐냐고 자꾸 물어봐요.
음, 이쪽에서 젊은 시절 이야기를 해 줘야겠구나.

내가 실은 아테네 학당 출신이걸랑.
아네테 학당 이요? 그게 뭔데요?

세상과 진리에 대해 묻고 답하며 공부하는 학교지. 지혜를 얻는 최고의 학교라고 보면 돼.
아테네 학당

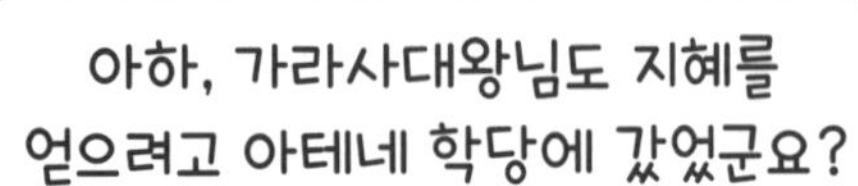

아하, 가라사대왕님도 지혜를 얻으려고 아테네 학당에 갔었군요?

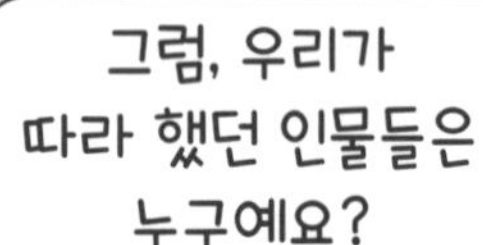

맞아! 책 표지 그림은 바로 그 아테네 학당을 그린 거야.
그럼, 우리가 따라 했던 인물들은 누구예요?

아테네 학당에서 나와 함께 공부했던 친구들과 진리를 탐구했던 학자들이지.
와~ 가라사대왕님이 새롭게 보이네요!

험험, 소크라테스, 플라톤, 아이스토텔레스, 피타고라스, 유클리드…. 이분들 이름을 들어 봤니?

저도 몇몇은 들어본 적이 있어요!
그럼, 혹시 서왕모도 아테네 학당에서 만난 거예요?
그래, 바로 거기서 서왕모를 만나 요지경을 선물로 받은 거야.
귀한 보물을 선물로 주다니, 무척 친했나 봐요. 그렇다면… 혹시…?
흠흠, 그나저나 아테네 학당을 누가 그렸는지는 아니?
당연히 알죠! 라파엘로!
그렇다면 라파엘로도 아테네 학당 그림에 나오는 것도 아니?
으악? 정말요? 어디, 어디에 있어요?
어허, 내가 그렇게 말했건만! 모든 답은 스스로 찾기!
에이, 또 이러신다. 그럼, 힌트라도 주세요!
힌트는 바로 아테네 학당 그림 안에 있지롱~
어, 어디에 있는 거야~ 라파엘로, 누구냐 너!

MEMO

진 짜 진 짜

독서논술

8권

가이드북

가이드북 활용법

진짜진짜 독서논술의 모든 활동은 논리적인 사고력을 바탕으로 창의적 문제해결력을 기르는 데 목적이 있습니다. 그렇기에 답이 하나로 정해진 경우보다 다양하게 해석 가능한 경우가 많습니다. 중요한 것은 자신의 생각에 논리적 설득력을 갖추는 것입니다. 모두 답이 될 수 있다는 열린 마음으로 활동을 바라봐 주시고, 아이들의 생각을 들어주세요.

정확하게 답으로 나와야 하는 질문에는 답으로 표시했고, 다양한 반응이 나올 수 있는 질문에는 예로 표시했습니다. 답이 다양하게 나올 수 있는 질문들은 예로 제시한 내용을 바탕으로 아이들의 생각이 체계적으로 흘러가는지 주의 깊게 바라봐 주시면 됩니다.

답이나 예외에 + 표시로 들어간 내용들은 더 생각해 봐야 할 이유나 근거를 아이들이 어떻게 제시할 수 있는지 예상한 것입니다. 이 내용을 바탕으로 더 깊이 있는 생각을 이끌어 낼 수 있도록 지도해 보세요.

문제와 활동 옆에는 해설 을 달아서 출제 의도와 문제 유형을 해석해 놓았고, 더불어 지도 방법을 적어 놓았습니다. 가정에서 아이들을 지도하는 데 참고해 주세요.

진짜진짜 독서논술로 '토닥토닥 마음껏 토론'하며 성장해 나갈 아이들의 모습을 기대해 봅니다.

1장 허 선비의 장사

준비하기 20p

예

+ 원숭이가 신이 필요하게 만든 다음 가격을 계속 올렸기 때문입니다.

해설 20p

너구리가 장사하는 방법이 정당한지 따져보면서 이야기와 관련된 주제를 먼저 접해 보는 활동입니다. 너구리와 원숭이 모두의 입장이 되어서 생각해 볼 수 있도록 지도해 주세요.

요지카 낱말 등급 활동지 17~18p

예사롭다	★★★☆☆	장사치	★★★★☆
값어치	★★★☆☆	미어터지다	★★★★★
약과	★★★★☆	구제하다	★★★☆☆
독차지하다	★★★☆☆	하늘 높은 줄 모르다	★★★★★
이치	★★★☆☆	기발하다	★★★★☆

들어보기 22~32p

- ㅇㅅㄹㄷ

처음 돈을 꾸러 왔을 때부터 **예사로운** 이가 아닌 줄 알았지만

- ㅈㅅㅊ

한양에서 제일 돈 많은 **장사치**가 변 부자라는 이야기를 듣고 나를 찾아왔더라고요.

- ㄱㅇㅊ

어쩌면 그게 이백만 냥보다 더 **값어치**가 클 수 있어요.

- ㅁㅇㅌㅈㄷ(ㅁㅇㅌㅈㄱ)

창고가 **미어터지고** 쌓인 과일이 썩어 문드러져도 내다 팔지 않았대요.

- ㅇㄱ

하지만 그 정도는 **약과**였어요.

- ㄱㅈㅎㄷ(ㄱㅈㅎㄴ)

가난한 이들을 **구제하는** 데 썼는데, 그래도 이백만 냥이 남더랍니다.

- ㄷㅊㅈㅎㄷ(ㄷㅊㅈㅎ)

물품 중에서 한 가지를 슬그머니 **독차지해** 버리면

- ㅎㄴ ㄴㅇ ㅈ ㅁㄹㄷ(ㅎㄴ ㄴㅇ ㅈ ㅁㄹㄱ)

한곳에 묶여 있는 동안 값이 **하늘 높은 줄 모르고** 뛸 수밖에 없지요.

- ㅇㅊ

듣고 보니 정말 **이치**에 맞고 그럴듯한 이야기였어요.

- ㄱㅂㅎㄷ(ㄱㅂㅎㄱㄷ)

참 **기발하고도** 기막힌 비결이라는 생각이 들더군요.

따져보기1 25p

1 변 부자는 왜 처음 보는 허 선비에게 만 냥을 빌려주었을까요? 변 부자의 생각을 짐작해서 써 보세요.

예 허 선비가 딱 한 마디만 하는 모습이 믿음직스러웠기 때문이야.

내가 허 선비에게 돈을 빌려준 이유는…

추론 **2** 책만 읽던 허 선비가 돈을 벌러 나온 이유는 무엇일까요? 허 선비의 생각을 짐작해서 써 보세요.

예 아내가 바느질품을 팔아 겨우 먹고살 정도로 가난해서 돈을 벌러 나온 것 같습니다.

내가 돈을 벌러 나온 이유는…

논리 **3** 변 부자는 만 냥을 빌려주고 이백만 냥을 받으면 도리에 어긋난다고 해요. 만 냥을 빌리면 얼마를 갚는 게 도리에 맞을지 써 보세요.

예 만 냥 + 이자 오백 냥 = 만 오백 냥

+ 이자는 일 년에 백 냥씩 오 년 동안 빌렸으니 오백 냥을 내면 됩니다.

4 변 부자는 이백만 냥을 받는 것보다 어떻게 돈을 벌었는지 아는 게 더 값어치 있다고 해요. 무엇이 더 값어치 있다고 생각하는지 동그라미 치고 이유를 써 보세요.

예 ((이백만 냥을 받는 게), (돈을 버는 방법을 아는 게)) 더 값어치 있다.

왜냐하면 돈을 버는 방법을 알면 이백만 냥보다 더 많은 돈을 벌 수도 있지만, 이백만 냥은 큰돈이라서 거절하기 어렵기 때문에 둘 다 값어치 있다.

따져보기2 29p

1 허 선비가 산 과일과 말총은 왜 값이 열 배로 뛰었을까요? 짐작해서 써 보세요.

예 허 선비가 다 사서 없는데, 과일과 말총을 사려는 사람은 많기 때문입니다.

+ 사려는 사람이 물건보다 많으면 물건의 값은 오릅니다.

창의 **2** 과일을 살 수 없으면 어떻게 해야 할까요? 과일을 얻을 수 있는 좋은 방법을 생각해서 써 보세요.

예 직접 기르면 됩니다. 시간이 걸리기는 하지만 과일을 살 수 없으니 어쩔 수 없습니다.

비판 **3** 돈을 바다에 버린 허 선비의 행동을 어떻게 생각하나요? 자신의 생각에 동그라미 치고 이유를 써 보세요.

예 허 선비가 바다에 돈을 버린 행동은 (옳다 , (옳지 않다)). 왜냐하면

허 선비도 가난하니까 가지고 있다가 쓰는 게 더 좋기 때문이다.

+ 쓸 데가 많은 돈을 그냥 버리는 건 어리석은 행동입니다.

4 허 선비처럼 지나치게 많은 돈은 재앙이 된다고 생각하나요? 자신의 생각에 동그라미 치고 이유를 써 보세요.

예 지나치게 많은 돈은

재앙이다	(재앙이 아니다)
	돈을 나쁜 데 쓰면 재앙이지만, 돈이 많다고 해서 재앙이라고 할 수는 없다.

+ 로또에 당첨되었는데 망한 사람들을 보면 돈을 잘못 써서 그렇게 된 것 같습니다.

해설

25p

1. 주인공 변 부자의 말과 행동을 이해해서 인물의 생각을 짐작해 보는 추론 문제입니다. 예와 비슷한 내용으로 답을 썼는지 살펴봐 주세요.
2. 책 내용에 근거해서 주인공 허 선비의 행동을 이해해 보는 활동입니다. 허 선비는 책만 읽고 아내가 날품팔이를 해서 먹고산다는 내용이 나오므로, 이 이야기에 근거해서 알맞은 내용을 추론했는지 살펴봐 주세요.
3. 정해진 답은 없지만, 제시한 이자가 합리적이고 도리에 맞는지 빌려준 사람과 갚는 사람 모두의 입장에서 생각해 보면 좋습니다.
4. 변 부자의 생각에 동의하는지 따져보고 논리적인 설득력을 갖춰 이유를 써 보는 활동입니다. 두 가지 생각 모두 가치 있다고 생각할 수도 있으니, 열린 마음으로 아이의 생각을 수용해 주세요.

29p

1. 이야기의 맥락을 이해해서 물건의 가격이 오르는 이유를 추론해 보는 활동입니다. 경제 개념을 배워서 어렵지 않게 이유를 추론해 낼 수 있습니다.
2. 이야기에 제시된 문제 상황을 창의적인 방법으로 해결해 보는 활동입니다. 정해진 답이 없으므로 자신의 생각이 문제를 충분히 합리적으로 해결할 수 있는지 더 생각해 볼 수 있도록 지도해 주세요.
3. 주인공의 행동이 옳은지 비판적으로 따져보는 활동입니다. 자신이 허 선비였다면 어떻게 했을지 생각해 보고 더 이야기해 볼 수 있도록 지도해 주세요.
4. 돈은 많을수록 좋다고 생각하는 사람이 많은데, '지나치게' 많은 돈도 많을수록 좋은 건지 더 생각해 보는 활동입니다. 지나치게 많은 돈은 얼마인지 생각해 보고 의견을 정할 수 있도록 지도해 주세요.

따져보기3 31p

창의 **1 허 선비처럼 천만 냥을 벌면 어떻게 쓸 건가요? 천만 냥을 어떻게 쓸지 이야기해 보세요.**

예

오백만 냥은 바다에 버리고, 나머지는 가난한 이들에게 나눠 주고, 빚을 갚았죠.

나에게 천만 냥이 있다면…

난민을 돕는 기부금으로 내겠습니다. 난민이 점점 늘어나서 도움이 필요하기 때문입니다.

추론 **2 허 선비가 만 냥으로 한 가지 물품을 사들여서 큰돈을 벌 수 있었던 이유는 무엇인가요? 짐작해서 써 보세요.**

예 외국에서 물품을 들여오지 않아서 한 가지 물품을 모두 사들이면 그 물품을 사려고 가격이 오르기 때문입니다.

사실 **3 허 선비는 왜 장사를 계속하지 않을까요? 이야기에서 찾아 써 보세요.**

답 허 선비처럼 장사하면 장사치들이 망하고 백성들을 해치고 나라가 병들기 때문입니다.

비판 **4 허 선비처럼 장사해도 될까요? 자신이 상인이라면 허 선비와 같은 방법으로 장사할 건지 생각을 써 보세요.**

예

허 선비처럼 장사하지 않을 겁니다. 허 선비의 장사 방법은 허 선비에게만 좋고 다른 사람들에게는 나쁘기 때문입니다.

+ 내가 한 일 때문에 다른 사람이 피해를 본다면 좋은 일이라고 볼 수 없습니다.

따져보기4 33p

추론 **1 다음 신문 기사를 읽고 물품을 독차지하면 안 되는 이유를 말해 보세요.**

예

시소 뉴스 20△△. △△. △△

코로나19 여파로 방역용 마스크가 귀해지자 마스크를 매점매석해 부당 이득을 취한 일당이 징역형 집행 유예를 선고받았다.

이들은 지난해 2월 조직적으로 마스크를 사재기해서 8600만 원을 받아 챙겼다. 재판부는 전 세계적 재난 상황에서 개인의 이익을 위해 국민에게 고통과 불편을 안긴 이들의 죄질이 매우 나쁘다고 규탄했다.

모든 사람에게 꼭 필요한 물품을 혼자 독차지하면 값이 오르고 사람들이 물품을 살 수 없어서 고통받게 됩니다.

논리 **2 다음은 책 <열하일기>에 나오는 내용입니다. 밑줄 친 이것은 무엇인지 이야기에서 찾아 써 보세요.**

답

경상도 아이들은 새우젓을 모르고, 강원도 사람들은 산사나무 열매를 절여 장을 대신한다. 평안도 사람들은 감과 감귤의 맛을 분간하지 못하고, 바닷가 사람들은 새우나 정어리를 밭에 거름으로 쓴다. 이 지방에서 천한 물건이 저 지방에서는 귀하다. 이름은 들었는데 물건을 볼 수 없는 것은 또 무슨 까닭인가? 이는 멀리 나를 수단이 없어서다. 좁은 나라에서 백성의 생활이 이토록 가난한 것은 오직 이것이 다니지 않기 때문이다.

수레

해설

31p

1. 만 냥으로 과일을 모두 사들일 수 있는 걸 보면, 천만 냥은 엄청나게 큰 돈입니다. 이 돈을 어떻게 쓸지 고민해 보면서, 돈을 유용하게 쓰는 게 중요한 이유를 더 생각해 볼 수 있습니다.

2. 이야기에서 제시했던 문제의 원인을 수요와 공급의 원리로 생각해 보는 활동입니다. 조선이 외국과 교역해야 한다고 주장했던 실학자 입장을 이해해서 답을 생각해 볼 수 있습니다.

3. 허 선비는 매점매석이라는 잘못된 방법으로 장사를 해서 돈을 벌었습니다. 이야기에 매점매석의 피해가 잘 나와 있으므로 정확한 답을 썼는지 확인해 주세요.

4. 매점매석을 하면 안 되는 이유를 비판적으로 따져보고 자신이 상인이라면 자신에게만 이익이 되는 방법으로 장사할 건지 생각해 보는 활동입니다.

33p

1. 사회 문제를 일으키는 매점매석의 문제점을 신문 기사를 통해 살펴보고, 우리 생활에서 이루어지는 불공정한 거래는 무엇이 있는지 더 관심을 갖고 생각해 보는 활동입니다.

2. 박지원의 〈열하일기〉에도 수레의 필요성에 대한 언급이 나옵니다. 두 이야기의 공통점을 이해해서 알맞은 답을 찾을 수 있도록 지도해 주세요.

간추리기1 34p
간추리기1 인물 폴더
이야기에 나온 낱말을 인물 폴더에 넣어서 정리하려고 해.
인물 폴더에 들어갈 낱말을 골라 낱말 스티커를 붙여 봐.
누구와 관련 있는 낱말일까?
장사치 만 냥 돈 이백만 냥 수레
목적골 책 갚어치 부자 살림
이자 과일 말총 독차지 장사
예
허 선비와 장사
변 부자
장사치 만 냥 돈 부자 갚어치 이자 장사
허 선비
이백만 냥 과일 수레 목적골 책 독차지 말총 살림

해설

34p

이야기에 제시된 중심 낱말을 관련성 있는 인물과 연결해 보는 활동입니다. 정해진 답은 없고 선택한 이유를 조리 있게 말할 수 있으면 좋습니다.

35p

그림을 살펴보면서 내용을 요약해 보는 활동입니다. 누가 무엇을 했는지 그림에 맞는 내용을 쓸 수 있도록 지도해 주세요.

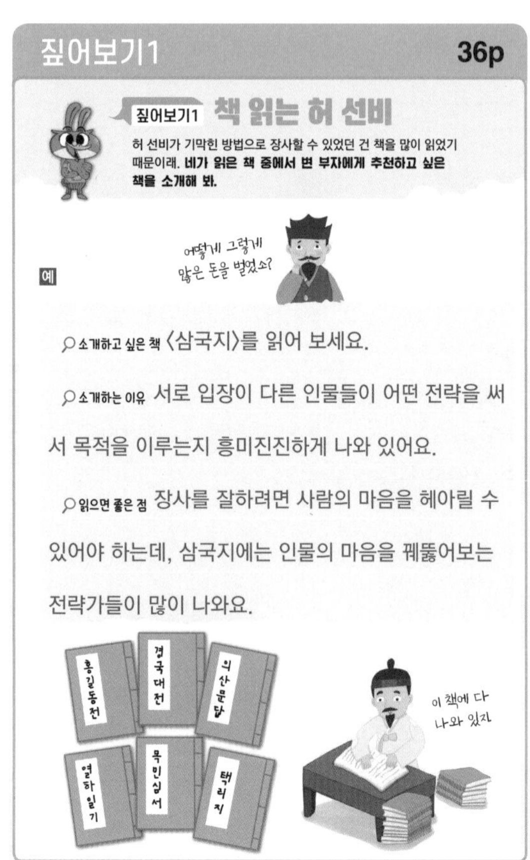

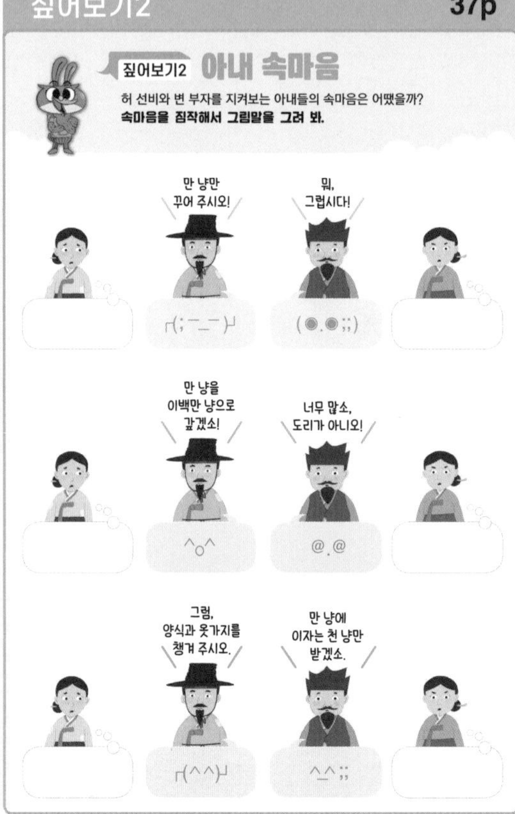

36p

장사를 잘하고 싶어 하는 변 부자에게 어떤 책을 읽으면 좋을지 소개해 보는 활동입니다. 재미있게 읽은 책이나 경제와 관련된 책을 자유롭게 소개하면 좋습니다.

37p

이야기에 허 선비 아내와 변 부자 아내는 등장하지 않았지만, 사건 속에서 이들의 속마음이 어땠을지 충분히 추론해 볼 수 있습니다. 정해진 답은 없고, 상황에 맞는 감정을 그림말로 잘 표현하면 좋습니다.

짚어보기3 38p

짚어보기3 **상인 인터뷰**

허 선비가 장사하면서 만난 상인들을 인터뷰한 기사야.
이들은 기자의 질문에 뭐라고 답할지 짐작해서 써 봐.

예

시소 뉴스

묵적골 소식

묵적골에 사는 허 선비가 5년 만에 만 냥에서 1000만 냥을 벌어 화제가 되고 있습니다. 허 선비가 어떻게 이 돈을 벌었는지 궁금한데요. 허 선비와 장사했던 상인들을 만나 인터뷰해 보았습니다. 먼저 안성의 과일 상인입니다.

기자 안녕하세요? 허 선비가 안성의 과일이란 과일은 죄다 사들였다면서요?

과일 상인 웬걸요? 허 선비라는 사람이 와서 과일을 두 배 값을 주고 사길래 과일을 몽땅 팔았지요.

기자 허 선비한테 과일을 모두 팔았으니 손해는 보지 않았겠네요?

과일 상인 그렇지만 과일을 구하지 못한 백성들이 우리 상인들 욕을 해서 뜨끔했어요.

기자 이번에는 제주도로 가 보겠습니다. 제주도의 말총 상인을 만나 보았는데요.

말총 상인 휴, 허 선비 그 양반 때문에 우리 말총 상인들이 욕을 얻어먹었어요. 그 많은 말총을 허 선비가 사 놓고 내놓지 않아서 우리도 너무 곤란했다고요.

기자 그럼, 다음번에 허 선비 같은 사람이 또 말총을 죄다 사들인다면 어떻게 하실 건가요?

말총 상인 절대 팔지 않을 거예요. 우리만 좋자고 이기적으로 행동하면 안 되지요.

짚어보기4 39p

짚어보기4 **걱정이야**

허 선비가 과일을 사들이기만 하고 팔지 않는 것을 걱정스럽게 지켜보는 사람들이 있어. **이들 중 누가 가장 걱정할지 번호를 매겨 보고 그 까닭을 말해 봐.**

예

1
"과일 값이 금값이 되면…"
4
"이러다 나라 살림이…"
5
"과일 값을 두 배로 받아서 좋지만…"
"과일 가게가 망하면 세금은…"
3
"내다 팔 과일을 어디서…"
2

+ 과일을 살 수 없어서 힘든 백성들이 가장 걱정할 거 같지만, 사실 모두 걱정이 심할 것 같습니다. 모두에게 문제가 생기니까요.

해설

38p

상인의 입장에서 질문에 답해 보는 활동입니다. 허 선비의 장사를 상인들은 어떻게 바라보았을지 생각의 폭을 넓힐 수 있습니다. 정해진 답이 없으므로 상황을 적절하게 이해하고 있는지 살펴봐 주세요.

39p

경제 구조를 이해해서 누구에게 얼마큼의 피해가 갈지 생각해 보는 활동입니다. 정해진 답은 없고 자신의 생각을 조리 있게 말하면 좋습니다.

짚어보기5 40p

짚어보기5 **따라 하기**

사람들이 허 선비를 따라서 사들이기만 하고 팔지 않으면 어떻게 될까?
다음에서 이익을 볼 것 같은 사람에게 동그라미 치고 이유를 말해 봐.

예

이렇게 해도 되는 걸까?
이렇게 한다면 무슨 문제가 생길까?

내가 얘기했잖아 보나 마나…!

당장은 이익이 되는 것 같지만, 결국 돈이 돌지 않아서 다같이 망할 수 있습니다.

보고하기 41p

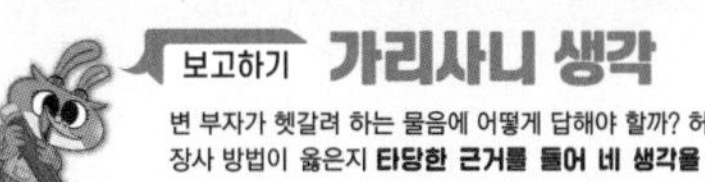

보고하기 **가리사니 생각**

변 부자가 헷갈려 하는 물음에 어떻게 답해야 할까? 허 선비의 장사 방법이 옳은지 **타당한 근거를 들어 네 생각을 써 봐.**

문제 상황 1 장사가 서로 필요한 물품을 중간에서 오가게 해서 온 나라 백성의 살림을 살찌우는 것이라면 **허 선비처럼 장사해서는 안 될 거 같아요.**

문제 상황 2 **하지만 다른 이는 어찌 되든 나 혼자 잘살면 좋지 않을까 싶기도 해요.** 나 혼자만 잘사는 법은 없다고 하던데…. 참 어렵네요!

예

제목 모두를 잘살게 만드는 장사

서론 (문제 상황 + 내 주장) 허 선비는 돈을 많이 벌었지만, 매점매석은 자신만 잘살려는 이기적인 행동이므로 허 선비처럼 장사해서는 안 된다.

본론

근거 1 매점매석은 어느 한쪽에게만 이익을 주고 다른 사람들은 큰 피해를 당하는 나쁜 방법이다. 그래서 나라에서도 막고 매점매석한 사람들을 찾아내서 벌을 준다.

근거 2 혼자만 잘살려고 하면 결국 자신에게도 피해가 온다. 어느 한쪽만 잘살려고 하면 경제 불균형이 심각해 지면서 사회에 악영향을 준다. 사회가 나빠지면 결국 모두에게 피해가 온다.

결론 (요약 + 강조) 그러므로 허 선비처럼 나쁜 방법으로 장사할 수 없도록 제도를 마련하고, 모두를 잘살게 만드는 바른 장사를 할 수 있도록 해야 한다.

40p

경제 순환을 바르게 이해해서 바른 경제 관념을 가질 수 있도록 따져보는 활동입니다. 정해진 답은 없지만 생각이 논리적으로 합당한지 살펴봐 주세요.

41p

주어진 주제에 타당한 근거를 들어 한 편의 완성된 논술문을 쓰는 활동입니다. 근거는 중심 문장과 뒷받침 문장으로 쓸 수 있도록 지도해 주세요. 뒷받침 문장은 중심 내용을 부연 설명하거나 예시를 들면 됩니다.

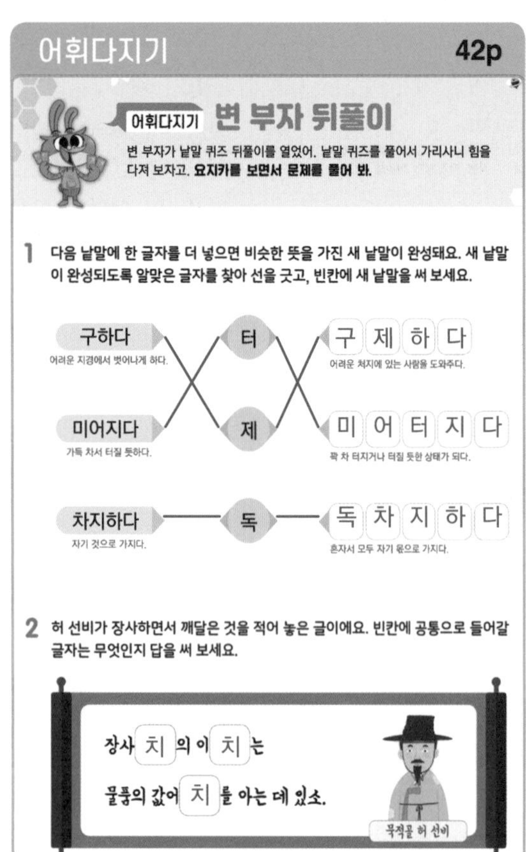

어휘다지기 42p

어휘다지기 **변 부자 뒤풀이**

변 부자가 낱말 퀴즈 뒤풀이를 열었어. 낱말 퀴즈를 풀어서 가리사니 힘을 다져 보자고. **요지카를 보면서 문제를 풀어 봐.**

1 다음 낱말에 한 글자를 더 넣으면 비슷한 뜻을 가진 새 낱말이 완성돼요. 새 낱말이 완성되도록 알맞은 글자를 찾아 선을 긋고, 빈칸에 새 낱말을 써 보세요.

구하다 — 어려운 지경에서 벗어나게 하다. — 제 — 구 제 하 다 (어려운 처지에 있는 사람을 도와주다.)

미어지다 — 가득 차서 터질 듯하다. — 터 — 미 어 터 지 다 (꽉 차 터지거나 터질 듯한 상태가 되다.)

차지하다 — 자기 것으로 가지다. — 독 — 독 차 지 하 다 (혼자서 모두 자기 몫으로 가지다.)

2 허 선비가 장사하면서 깨달은 것을 적어 놓은 글이에요. 빈칸에 공통으로 들어갈 글자는 무엇인지 답을 써 보세요.

장사 치 의 이 치 는

물품의 값어 치 를 아는 데 있소.

목적골 허 선비

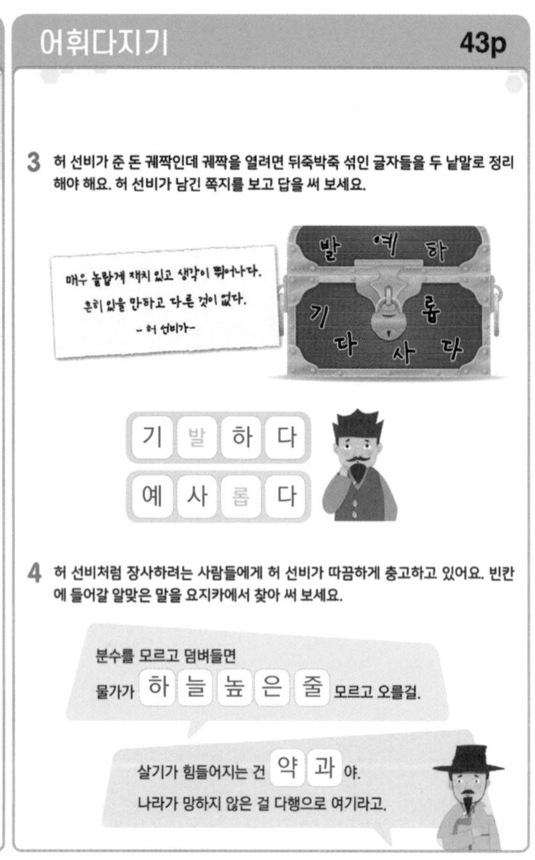

어휘다지기 43p

3 허 선비가 준 돈 궤짝인데 궤짝을 열려면 뒤죽박죽 섞인 글자들을 두 낱말로 정리해야 해요. 허 선비가 남긴 쪽지를 보고 답을 써 보세요.

매우 놀랍게 재치 있고 생각이 뛰어나다.
흔히 있을 만하고 다른 것이 없다.
- 허 선비가 -
발 예 하
기 롭
다 사 다

기 발 하 다

예 사 롭 다

4 허 선비처럼 장사하려는 사람들에게 허 선비가 따끔하게 충고하고 있어요. 빈칸에 들어갈 알맞은 말을 요지카에서 찾아 써 보세요.

분수를 모르고 덤벼들면
물가가 하 늘 높 은 줄 모르고 오를걸.

살기가 힘들어지는 건 약 과 야.
나라가 망하지 않은 걸 다행으로 여기라고.

해설

42~43p

요지카에서 다룬 어휘를 다시 한번 문제로 풀어보면서 어휘력을 기르는 활동입니다. 요지카를 보면서 문제를 풀 수 있도록 지도해 주세요.

2장 황금 뇌를 가진 사나이

준비하기 46p

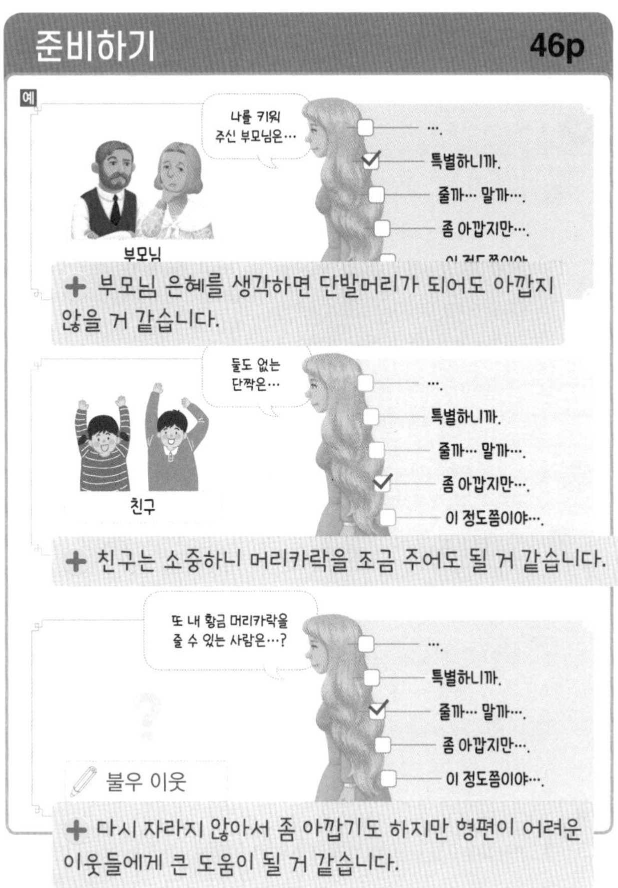

예
나를 키워 주신 부모님은…
…
특별하니까.
줄까… 말까….
좀 아깝지만….
부모님
부모님 은혜를 생각하면 단발머리가 되어도 아깝지 않을 거 같습니다.
둘도 없는 단짝은…
…
특별하니까.
줄까… 말까….
좀 아깝지만….
이 정도쯤이야….
친구
친구는 소중하니 머리카락을 조금 주어도 될 거 같습니다.
또 내 황금 머리카락을 줄 수 있는 사람은…?
…
특별하니까.
줄까… 말까….
좀 아깝지만….
이 정도쯤이야….
불우 이웃
다시 자라지 않아서 좀 아깝기도 하지만 형편이 어려운 이웃들에게 큰 도움이 될 거 같습니다.

해설 46p

소중한 것을 누구에게 어느 정도 줄 수 있을지 생각해 보면서 이야기의 주제를 미리 살펴보는 활동입니다. 황금 머리카락은 재물을 상징하는 것이므로 재물을 나누는 기준이 무엇인지 생각해 볼 수 있습니다.

요지카 낱말 등급 활동지 19~20p

생채기	★★★★☆	납치하다	★★★☆☆
흥청망청	★★★★★	흐리멍덩하다	★★★★☆
소스라치다	★★★★☆	들러붙다	★★★★☆
뺑긋하다	★★★★★	절제하다	★★★★☆
인기척	★★★★☆	팔자	★★★☆☆

들어보기 48~58p

- ㅅㅊㄱ

생채기만 좀 났을 뿐이었지요.

- ㄴㅊㅎㄷ(ㄴㅊㅎ)

누가 **납치해** 갈까 봐 걱정되어서 그런다고 일러 줄 뿐이었어요.

- ㅎㅊㅁㅊ

매일 잔치를 열어 **흥청망청** 놀았습니다.

- ㅎㄹㅁㄷㅎㄷ(ㅎㄹㅁㄷㅎㅈㄱ)

정신은 **흐리멍덩해지고** 뺨도 홀쭉해져서 보기 딱했지요.

- ㅅㅅㄹㅊㄷ(ㅅㅅㄹㅊㄱ)

끔찍하게 변한 자신의 얼굴에 **소스라치게** 놀라

- ㄷㄹㅂㄷ(ㄷㄹㅂㅇ)

딱하게도 남자의 한 친구가 끝까지 **들러붙어** 있었던 모양이에요.

- ㅃㄱㅎㄷ(ㅃㄱㅎㅈ)

황금이 어디서 나오는지는 입도 **뺑긋하지** 않았어요.

- ㅈㅈㅎㄷ(ㅈㅈㅎㅁ)

절제하며 살아야겠다는 생각도 했습니다.

- ㅇㄱㅊ

손님의 **인기척**을 듣고 나온 가게 주인은

- ㅍㅈ

타고난 **팔자** 탓일까요, 아니면 그를 둘러싼 사람들 때문일까요?

따져보기1 51p

논리 **1 남자의 부모는 아들이 어렸을 때 왜 밖에서 놀지 못하게 했을까요? 이유로 맞으면 O표, 틀리면 X표 해 보세요.**

예
- 아들의 비밀을 다른 사람이 알게 될까 봐 걱정되었기 때문이다. O
- 아들이 다른 아이들에게 놀림받을까 봐 걱정되었기 때문이다. X
- 아들이 놀다가 몸을 다칠까 봐 걱정되었기 때문이다. X
- 아들을 누가 납치해 갈까 봐 걱정되었기 때문이다. O

＋ 아이의 비밀을 누가 알고 황금을 가져갈까 봐 걱정한 것 같습니다.

추론 **2 남자의 부모가 아들에게 비밀을 털어놓은 이유는 무엇일까요? 짐작해서 써 보세요.**

예 황금을 달라고 하려고 비밀을 털어 놓았습니다.

＋ 비밀을 털어놓자마자 황금을 달라고 했기 때문입니다.

비판 **3 남자의 부모가 아들에게 황금을 나누어 달라고 한 행동을 어떻게 생각하나요? 자신의 생각에 동그라미 치고, 이유를 써 보세요.**

예 황금을 달라고 한 행동은 (잘했다고 , (잘못했다고)) 생각한다. 왜냐하면

뇌가 황금이니까 황금을 떼어내면 남자에게 문제가 생길 수도 있기 때문이다.

＋ 남자를 배려하지 않은 너무 위험한 요구였습니다.

추론 **4 남자가 자신의 비밀을 알게 되었을 때 기분이 어땠을까요? 남자의 입장이 되어서 기분을 표현해 보세요.**

예

믿기지 않지만, 기분이 썩 나쁘지는 않군. 어쨌든 나는 황금이 많으니 부자야.

따져보기2 53p

논리 **1 자신의 비밀을 알게 된 남자는 왜 집을 뛰쳐나갔을까요? 이유로 맞으면 O표, 틀리면 X표 해 보세요.**

예
- 집에서 지내는 게 답답했기 때문이다. O
- 황금만 있으면 뭐든 할 수 있고, 잘 살 수 있을 것 같았기 때문이다. O
- 마음대로 온 세상을 돌아다니며 왕처럼 살고 싶었기 때문이다. O
- 매일 잔치를 열어 놀고 싶었기 때문이다. O
- 황금을 요구한 부모님에게 실망했기 때문이다. O
- 바깥세상이 어떤지 궁금했기 때문이다. O
- 자신의 황금 뇌를 축복으로 여겨 마음껏 누리며 살고 싶었기 때문이다. O

비판 **2 황금을 펑펑 쓰면서 사는 남자를 어떻게 생각하나요? 다음 중에서 하나를 고르고 그렇게 생각한 이유를 써 보세요.**

예

(어리석다) 불쌍하다 나쁘다 괜찮다

나는 남자가 (어리석다)고 생각한다. 왜냐하면

황금은 자신의 뇌인데, 무슨 일이 생길지 모르면서 막 쓰기 때문이다.

＋ 내가 남자라면 황금 뇌를 소중하게 여기고, 꼭 필요한 순간이 아니면 쓰지 않을 겁니다.

창의 **3 황금 뇌를 가지고 태어난 남자처럼 세상에는 신기한 일이 많이 있어요. 자신이 알고 있는 신기한 일을 쓰고 무엇이 어떻게 신기한지 말해 보세요.**

예 12층 아파트에서 떨어지는 아이를 1층에 있던 사람이 받아서 살았어요.

해설

51p

1. 주인공 부모의 행동에 합리적 이유를 제시하는 활동입니다. 정해진 답이 없고 모두 답이 될 수 있습니다. 부모의 행동을 어떻게 이해했는지 근거를 제시할 수 있는지 살펴봐 주세요.
2. 이야기의 맥락적 의미를 살펴보는 활동입니다. 예와 비슷한 내용을 쓰면 좋지만 다른 내용을 쓰더라도 생각의 근거가 명확하다면 답으로 인정해 주세요.
3. 주인공 부모의 행동이 옳은지 비판적으로 따져보는 활동입니다. 객관적이고 논리적인 근거를 제시해서 비판하면 좋습니다.
4. 주인공의 입장이 되어서 생각해 보고, 기분을 문장으로 표현해 보는 활동입니다. 단순히 좋다, 나쁘다 단답형으로 쓰지 않고 구체적이고 자세하게 서술할 수 있도록 지도해 주세요.

53p

1. 주인공 남자가 집을 뛰쳐나간 이유를 찾는 논리 활동입니다. 모두 답이 될 수 있으므로 무엇을 선택하든 설득력 있는 근거를 제시했는지 살펴봐 주세요.
2. 남자의 행동을 비판해 보고, 어떤 점이 비판받을 만한지 따져보는 활동입니다. 더불어 자신이 남자였다면 어떻게 행동했을지 더 생각해 볼 수 있도록 질문해 주세요.
3. 황금 뇌를 가진 주인공 이야기는 믿기 어려울 정도로 신기합니다. 아이들이 보고 듣고 읽은 신기한 일을 생각해 봄으로써 이야기의 상황에 더 몰입할 수 있습니다. 무엇이든 자유롭게 떠올리고 그 일이 왜 신기하다고 생각하는지 말할 수 있도록 지도해 주세요.

따져보기3 55p

추론 **1** 왜 남자의 친구는 남자에게 황금을 달라고 하지 않고 몰래 훔쳐 갔을까요? 이유를 짐작해서 써 보세요.

예 남자가 황금을 아끼고 쓰지 않으니까 주지 않을 것 같아서 훔쳐 갔습니다.

논리 **2** 남자가 금발 머리 아가씨와 사랑에 빠져서 행복한 점과 불행한 점을 각각 생각해서 써 보세요.

예

행복한 점	불행한 점
외롭지 않다.	황금을 계속 써야 한다.

➕ 사랑에 빠지면 행복하지만은 않은 것 같습니다. 양보해야 할 부분도 생깁니다.

비판 **3** 남자가 금발 머리 아가씨와 사랑에 빠진 건 행복일까요, 불행일까요? 가치 수직선에 색칠하고 그렇게 생각하는 이유를 말해 보세요.

예

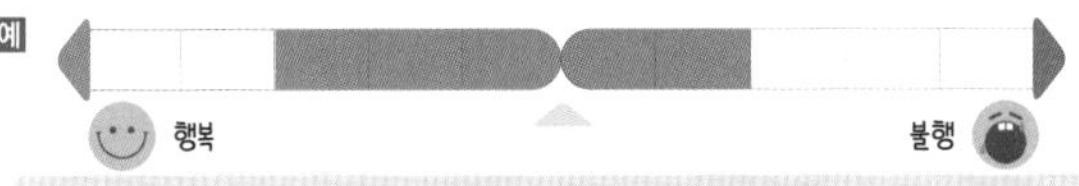

➕ 행복하기도 하고 불행하기도 하지만 사랑하는 사람이 있으니 행복이 좀 더 클 거 같습니다.

논리 **4** 남자는 아가씨가 마음 아플까 봐 황금 이야기를 하지 않았어요. 만약 자신이 남자라면 어떻게 했을지 써 보세요.

예 내가 남자라면 황금 이야기를 ((하겠다), 하지 않겠다). 왜냐하면 진정으로 사랑한다면 감추지 말고 솔직해야 하기 때문이다.

➕ 남자가 솔직하게 황금 이야기를 했다면 아가씨가 돈을 펑펑 쓰지 않았을지도 모릅니다.

따져보기4 59p

추론 **1** 왜 남자는 아가씨의 장례식을 성대하게 치르고 황금을 마구 나눠 주었을까요? 이유를 써 보세요.

예 사랑하는 아가씨가 없으니 황금도 쓸모없다고 생각한 것 같습니다.

비판 **2** 남자가 마지막까지 황금을 펑펑 쓰고 나눈 행동을 어떻게 생각하나요? 자신의 생각에 동그라미 치고 이유를 말해 보세요.

예

그럴 만도 하다 / 옳고 마땅하다 / ○ 어처구니없다

➕ 비록 나쁜 일에 쓰지는 않았지만, 좀 더 자신을 위해 황금을 남겨 놓아야 했습니다.

논리 **3** 남자는 왜 파란 부츠를 사려고 했을까요? 자신의 생각을 이유와 함께 써 보세요.

예 "이 부츠가 딱 어울릴 만한 사람을 알지." 아가씨가 죽은 줄도 모르고 아가씨에게 주려고 산 것 같습니다.

창의 **4** 황금 뇌를 가진 사나이 이야기를 책으로 만든다면 어울리는 제목은 무엇일까요? 이야기를 잘 표현할 수 있는 제목을 지어 보세요.

예 황금 뇌의 저주

➕ 황금 뇌가 있으면 행복할 것 같았지만 주인공을 보니 다른 사람보다 더 불행하게 산 것 같습니다.

해설

55p

1. 주인공과 친구가 진실된 관계인지 살펴보는 활동입니다. 친구의 의도를 짐작해 봄으로써 둘의 관계가 어땠는지 생각해 볼 수 있습니다.

2. 주인공 입장에서 사랑에 빠진 일이 행복인지 불행인지 따져보는 활동입니다. 정해진 답이 없으므로 주인공의 입장을 잘 반영해서 썼는지 살펴봐 주세요.

3. 가치수직선은 주어진 입장에 동의하는 정도를 점수로 매기면서 양측의 입장을 모두 수용할 수 있습니다. 생각을 한쪽으로만 고정시키지 않고 장단점을 모두 따져봄으로써 논제를 더 다각적으로 이해할 수 있습니다.

4. 자신이 주인공이라면 어떻게 했을지 근거를 들어 설득해 보는 활동입니다. 생각을 뒷받침하는 설명이 설득력 있는지 살펴봐 주세요.

59p

1. 주인공의 행동을 이해해서 문장으로 서술해 보는 활동입니다. 예와 비슷한 이유를 쓰면 좋지만, 다양한 의견을 제시할 수 있으니 열린 마음으로 아이들의 생각을 수용해 주세요.

2. 주인공의 행동을 비판해 보는 활동입니다. 단순히 좋다, 나쁘다 양쪽으로만 생각을 고정시키지 않도록 선택 사항을 바꿔 보았습니다. 생각을 뒷받침하는 근거가 논리적인지 살펴봐 주세요.

3. 이야기를 바탕으로 주인공의 행동을 설명해 보는 활동입니다. 다양한 의견을 제시할 수도 있지만 이야기에서 답을 찾으면 좋습니다.

4. 제목을 다시 짓는다면 어떤 의미의 제목이 좋을지 생각해 보는 창의적 활동입니다. 이야기의 주제를 잘 표현할 수 있는 제목을 지을 수 있도록 지도해 주세요.

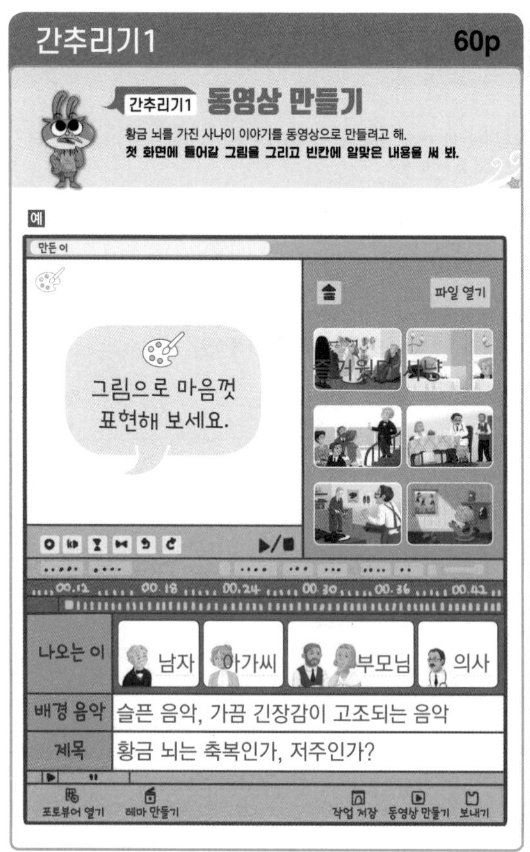

간추리기1
60p
간추리기1 동영상 만들기
황금 뇌를 가진 사나이 이야기를 동영상으로 만들려고 해.
첫 화면에 들어갈 그림을 그리고 빈칸에 알맞은 내용을 써 봐.
예
파일 열기
그림으로 마음껏
표현해 보세요.
나오는 이
남자
아가씨
부모님
의사
배경 음악
슬픈 음악, 가끔 긴장감이 고조되는 음악
제목
황금 뇌는 축복인가, 저주인가?

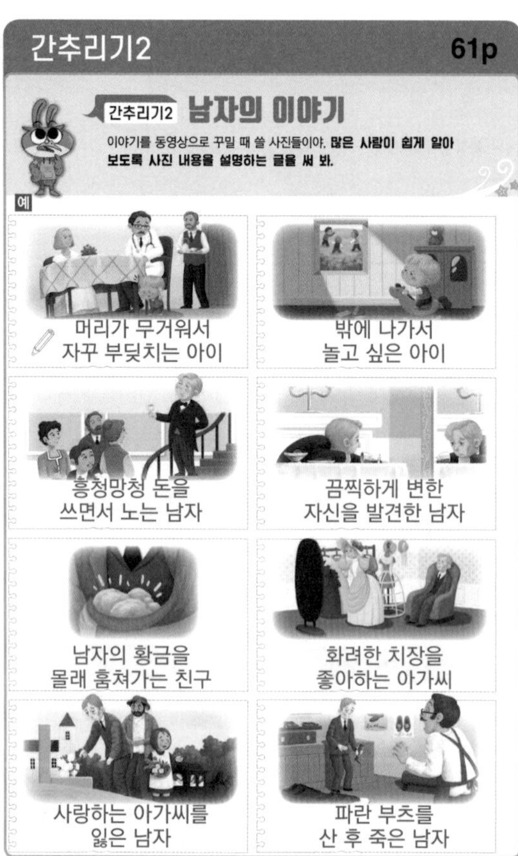

해설

60p

이야기의 핵심 내용을 그림과 여러 가지 요소로 표현해 보는 활동입니다. 핵심 장면을 그린 후, 이야기와 어울리는 음악을 선정해 보고, 등장인물도 적어보면서 이야기를 다시 상기시킬 수 있습니다.

61p

주요 사건을 간결하게 설명하면서 내용을 요약해 보는 활동입니다. 인물과 사건이 잘 설명되어 있는지 살펴봐 주세요.

62p

남자가 평범하게 자랐다면 남자의 삶이 달라졌을지 생각해 보는 활동입니다. 정해진 답이 없으므로 문제를 해결하기 위한 재치 있는 답변과 창의적 발상을 기대해 봅니다.

63p

황금을 어디에 써야 하는지 생각해 보기 위해, 남자가 황금을 쓴 행동이 적절했는지 살펴보는 활동입니다. 황금을 마땅히 잘 썼다고 생각하는 것을 선택하고 이유를 설득력 있게 말하는지 살펴봐 주세요.

짚어보기3 64p

부모님 일을 도와드리고 부모님이 자랑스럽게 여길 수 있도록 바르게 행동합니다.

진심으로 충고하고 친구가 힘들 때 위로해 줍니다.
+ 친구 관계는 돈보다 진실된 마음이 더 중요합니다.

함께 취미 생활을 하고 도움이 필요할 때 도와줍니다.

꿈을 이루기 위해 노력하고 매일 성실하게 생활합니다.
+ 자신을 아끼고 사랑하는 방법은 돈 말고도 많습니다.

짚어보기4 65p

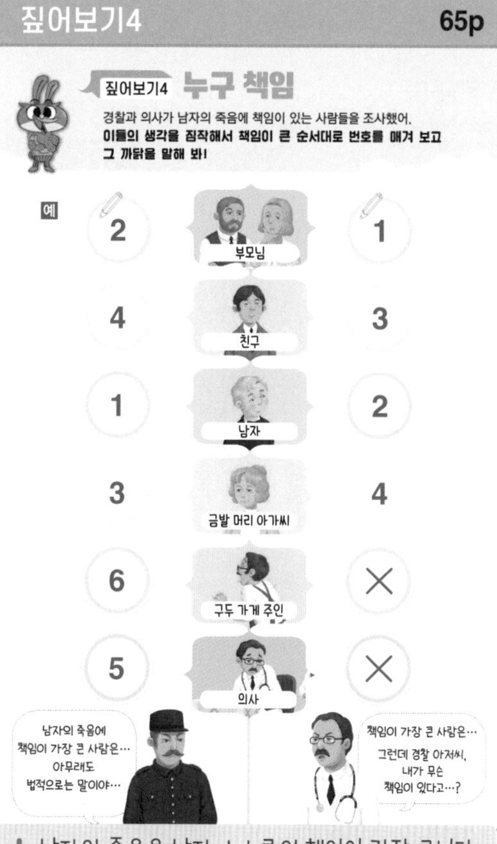

2 부모님 1

+ 남자의 죽음은 남자 스스로의 책임이 가장 큽니다.

해설

64p

사랑하는 방법을 물질적인 것과 정신적인 것으로 나누어서 생각해 보고, 무엇이 더 가치 있는지 고민해 보는 활동입니다.

65p

남자의 죽음은 누구에게 책임이 있는지 따져 보는 활동입니다. 의사와 경찰의 입장에서 생각해 보고, 자신은 누구의 의견에 동의하는지도 말해 볼 수 있습니다.

짚어보기5 66p

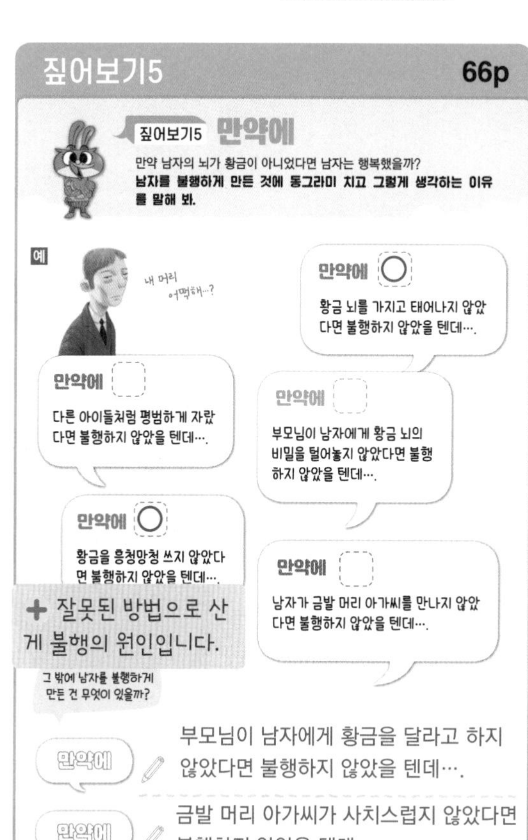

짚어보기5 만약에
만약 남자의 뇌가 황금이 아니었다면 남자는 행복했을까? 남자를 불행하게 만든 것에 동그라미 치고 그렇게 생각하는 이유를 말해 봐.
예
내 머리 어떡해…?
만약에 ○ 황금 뇌를 가지고 태어나지 않았다면 불행하지 않았을 텐데….
만약에 다른 아이들처럼 평범하게 자랐다면 불행하지 않았을 텐데….
만약에 부모님이 남자에게 황금 뇌의 비밀을 털어놓지 않았다면 불행하지 않았을 텐데….
만약에 ○ 황금을 흥청망청 쓰지 않았다면 불행하지 않았을 텐데….
만약에 남자가 금발 머리 아가씨를 만나지 않았다면 불행하지 않았을 텐데….
+ 잘못된 방법으로 산 게 불행의 원인입니다.
그 밖에 남자를 불행하게 만든 건 무엇이 있을까?
만약에 부모님이 남자에게 황금을 달라고 하지 않았다면 불행하지 않았을 텐데….
만약에 금발 머리 아가씨가 사치스럽지 않았다면 불행하지 않았을 텐데….

보고하기 67p

보고하기 가리사니 생각

의사는 황금 뇌를 가진 남자가 불행한 이유를 모르겠다고 해. 무엇이 남자를 불행하게 만들었는지 **타당한 근거를 들어 네 생각을 써 봐.**

문제 상황 1 남자에게 황금 뇌는 축복이었을까요, 저주였을까요? 무엇이 이 남자를 불행하게 만들었을까요?

문제 상황 2 타고난 팔자 탓일까요, 아니면 그를 둘러싼 사람들 때문일까요?

예

제목 행복은 자신이 만든다.

서론(문제 상황 + 내 주장) 황금 뇌를 가진 남자가 불행했던 건 남자가 가진 황금 뇌 때문인지, 주변의 사람들 때문인지 생각해 보아야 한다. 나는 남자의 불행은 스스로 만든 것이라고 생각한다.

본론 근거1 왜냐하면 황금 뇌 자체는 불행을 가져올 수 없기 때문이다. 황금 뇌를 어떻게 쓰느냐에 따라 결과가 달라진다. 황금 뇌를 흥청망청 쓴 남자에게 불행의 원인이 있다.

근거2 또한 남자가 자신을 어떻게 대하느냐에 따라 사람들의 태도도 달라진다. 남자가 스스로를 소중하게 여겼다면 주변 사람들도 남자를 소중하게 여겼을 거다.

결론(요약 + 강조) 그러므로 남자의 황금 뇌는 축복이었지만, 이걸 제대로 쓰지 못한 남자에게 불행의 책임이 있다. 남자는 황금 뇌를 가지고 행복하게 살 수도 있었다.

66p

만약에 상황이 달랐다면 남자는 어땠을지 가정해 보면서 불행의 원인을 따져보는 활동입니다. 주어진 상황 외에도 남자를 불행하게 만든 상황이 있다면 무엇인지 써 봅니다.

67p

주어진 주제에 타당한 근거를 들어 한 편의 완성된 논술문을 쓰는 활동입니다. 근거는 중심 문장과 뒷받침 문장으로 쓸 수 있도록 지도해 주세요. 뒷받침 문장은 중심 내용을 부연 설명하거나 예시를 들면 됩니다.

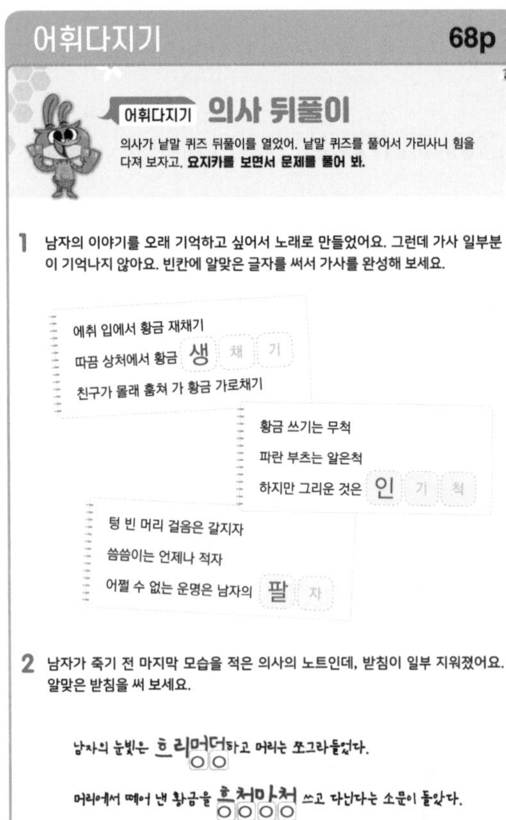

어휘다지기 68p

어휘다지기 의사 뒤풀이

의사가 낱말 퀴즈 뒤풀이를 열었어. 낱말 퀴즈를 풀어서 가리사니 힘을 다져 보자고. **요지카를 보면서 문제를 풀어 봐.**

1 남자의 이야기를 오래 기억하고 싶어서 노래로 만들었어요. 그런데 가사 일부분이 기억나지 않아요. 빈칸에 알맞은 글자를 써서 가사를 완성해 보세요.

예취 입에서 황금 재채기
따끔 상처에서 황금 생 채 기
친구가 몰래 훔쳐 가 황금 가로채기

황금 쓰기는 무척
파란 부츠는 알은척
하지만 그리운 것은 인 기 척

텅 빈 머리 걸음은 갈지자
씀씀이는 언제나 적자
어쩔 수 없는 운명은 남자의 팔 자

2 남자가 죽기 전 마지막 모습을 적은 의사의 노트인데, 받침이 일부 지워졌어요. 알맞은 받침을 써 보세요.

남자의 눈빛은 흐리멍덩하고 머리는 쪼그라들었다.

머리에서 떼어 낸 황금을 흥청망청 쓰고 다닌다는 소문이 돌았다.

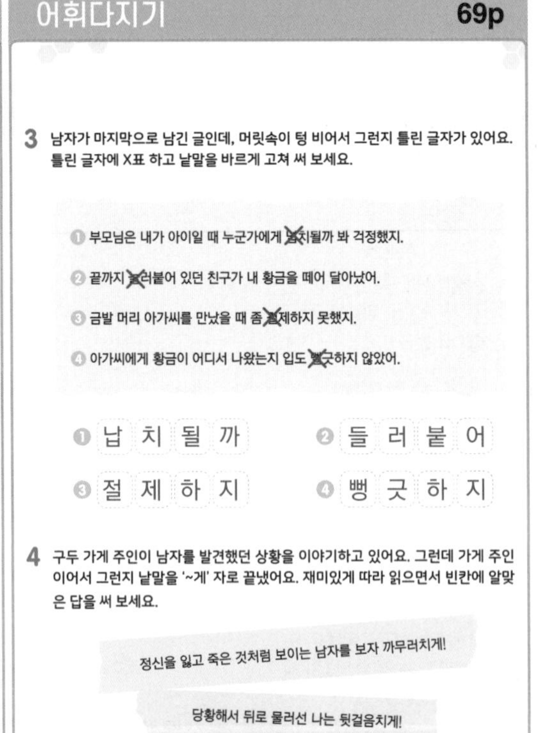

어휘다지기 69p

3 남자가 마지막으로 남긴 글인데, 머릿속이 텅 비어서 그런지 틀린 글자가 있어요. 틀린 글자에 X표 하고 낱말을 바르게 고쳐 써 보세요.

① 부모님은 내가 아이일 때 누군가에게 납치될까 봐 걱정했지.
② 끝까지 들러붙어 있던 친구가 내 황금을 떼어 달아났어.
③ 금발 머리 아가씨를 만났을 때 좀 절제하지 못했지.
④ 아가씨에게 황금이 어디서 나왔는지 입도 뻥긋하지 않았어.

① 납 치 될 까 ② 들 러 붙 어
③ 절 제 하 지 ④ 뻥 긋 하 지

4 구두 가게 주인이 남자를 발견했던 상황을 이야기하고 있어요. 그런데 가게 주인이어서 그런지 낱말을 '~게' 자로 끝냈어요. 재미있게 따라 읽으면서 빈칸에 알맞은 답을 써 보세요.

정신을 잃고 죽은 것처럼 보이는 남자를 보자 까무러치게!

당황해서 뒤로 물러선 나는 뒷걸음치게!

금 부스러기를 발견하고는 깜짝 놀라 소 스 라 치 게!

해설

68~69p

요지카에서 다룬 어휘를 다시 한번 문제로 풀어보면서 어휘력을 기르는 활동입니다. 요지카를 보면서 문제를 풀 수 있도록 지도해 주세요.

3장 공 선생님의 판결

준비하기 72p

20△△. △△. △△ 서울.135

진짜진짜 뉴스

불효 소송
부모와
자식 간에도…!

얼마 전 서울에 사는 72세 ㄱ씨는 아들이 늙은 자신을 나 몰라라 한다며 법원에 소송을 제기했습니다. ㄱ씨는 아들에게 낳아 주고 키워 준 대가로 매달 50만 원을 내라고 요구했습니다. 부모가 자식에게 부양비를 요구하는 이른바 '불효 소송'이 늘고 있는 요즘, 자식이 부모에게 효를 다하는 도덕적 의무를 법으로까지 강제할 수 있는지 관심이 모이고 있습니다.

부모를 나 몰라라 한 아들에게 죄를 물어 큰 벌을 내려야 합니다. 불효는 인간으로서 절대 해서는 안 되는 나쁜 일이니까요.

부모 자식 간의 다툼을 어찌 법으로 해결할 수 있겠습니까! 부모와 자식은 인간 관계의 기본이므로, 서로의 신뢰를 회복하는 게 더 중요합니다.

예
벌을 내려서 잘못을 고치게 해야 합니다.

노나라 재상 계환자

노나라 재판장 공 선생

해설 72p

이야기의 주제 '효'의 가치를 이해하고 주제에 관심을 갖기 위한 준비 활동입니다. 불효 소송을 신문기사를 통해 알아보고, 이 사건을 어떻게 생각하는지 의견을 이야기해 봅니다.

요지카 낱말 등급 활동지 21~22p

낱말	등급	낱말	등급
여염집	★★★★☆	부전자전	★★★★☆
그 나물에 그 밥	★★★★★	엄벌	★★★★☆
진수성찬	★★★★☆	뜨악하다	★★★★★
의아하다	★★★★☆	착잡하다	★★★★☆
일리	★★★★☆	딱 부러지게	★★★★★

들어보기 74~84p

- ㅇㅇㅈ

어느 **여염집** 아버지가 불효한 아들을 벌해 달라고 고소했는데

- ㅂㅈㅈㅈ

참말로 **부전자전**이고 그 나물에 그 밥이잖아요.

- ㄱ ㄴㅁㅇ ㄱ ㅂ

참말로 부전자전이고 **그 나물에 그 밥**이잖아요.

- ㅇㅂ

더 따질 것도 없이 불효자식에게 **엄벌**을 내려야 마땅하지 않겠어요?

- ㅈㅅㅅㅊ

진수성찬이 들어와서 뜨악할 수밖에 없었어요.

- ㄸㅇㅎㄷ(ㄸㅇㅎ)

진수성찬이 들어와서 **뜨악할** 수밖에 없었어요.

- ㅇㅇㅎㄷ(ㅇㅇㅎ)

그래서 먹지도 못하고 **의아한** 마음으로 밥상을 앞에 둔 채 마주 앉아 있었지요.

- ㅊㅈㅎㄷ(ㅊㅈㅎ)

그런 아들을 쳐다보는 아버지도 **착잡해** 보였어요.

- ㅇㄹ

일리 있는 말 같았어요.

- ㄸ ㅂㄹㅈㄱ

그런 불효자식은 **딱 부러지게** 혼을 내야 한다고 생각해요.

따져보기1 77p

추론 **1 계환자가 공 선생님에게 재판장 벼슬을 준 까닭은 무엇일까요? 알맞은 이유를 써 보세요.**

예 따르는 제자도 많고 이웃 나라에도 알려진 큰 스승이라서 재판장을 맡겼습니다.

사실 **2 공 선생님은 나라를 다스리려면 백성들에게 무엇을 가르쳐야 한다고 했나요? 알맞은 낱말을 쓰고, 한자도 따라 써 보세요.**

답 효 (孝)

자식(子)이 늙은(老)부모를 업고 있는 모습으로, 어버이를 잘 섬기는 일을 뜻합니다.

창의 **3 나라를 잘 다스리려면 백성들에게 무엇을 가르쳐야 할까요? 가장 중요하다고 생각하는 것 세 가지를 써 보고 이유를 말해 보세요.**

예 예절 / 대화 방법 / 토론 방법

예의바르게 행동하고, 문제가 생기면 대화로 해결하고, 토론해서 좋은 방법을 생각해 내면 나라가 평화로울 것 같습니다.

논리 **4 계환자는 왜 이번 사건이 딱하다고 할까요? 알맞은 이유를 써 보세요.**

예

아버지와 아들이 서로 맞고소한 사건이라서 딱해요. 왜냐하면

부모와 자식은 서로를 가장 아끼고 사랑해야 하는데, 이들은 서로를 고발했기 때문이에요.

따져보기2 79p

사실 **1 계환자는 맞고소한 아버지와 아들 중에서 누구에게 죄가 있다고 생각하나요? 알맞은 답에 동그라미 쳐 보세요.**

답

(아들) / 아버지 / 아버지와 아들 둘 다

+ 계환자는 효도가 중요하다고 생각합니다.

비판 **2 여러분은 아버지와 아들 중에서 누구에게 죄가 있다고 생각하나요? 죄가 있다고 생각하는 인물의 스티커를 붙이고 이유를 써 보세요.**

예

둘 다 잘못한 점이 있다.

+ 아버지는 아들을 잘 가르치지 못했고, 아들은 아버지 말을 안 들었습니다.

논리 **3 계환자가 공 선생님의 판결을 마음에 들어 하지 않는 까닭은 무엇일까요? 알맞은 이유를 써 보세요.**

예 공 선생님이 효가 중요하다고 하면서 불효자를 벌하지 않은 건 말이 앞뒤가 맞지 않기 때문입니다.

비판 **4 다음에서 누구의 말이 옳다고 생각하나요? 두 사람의 주장을 비교해서 동그라미에 >,=,<를 알맞게 쓰고 이유를 말해 보세요.**

예

불효자식에게 엄벌을 내려서 백성들에게 본보기를 삼아야 한다. < 잘잘못을 가려내기 어려우니 쉽게 판결을 내릴 수 없다.

+ 서로 잘못이 있으니 잘잘못을 더 신중하게 가려야 한다고 생각합니다.

해설

77p

1. 이야기에 나온 내용을 바탕으로 문제에 맞는 답을 추론해 내는 활동입니다. 제시된 답 외에 다른 의견을 제시할 수도 있으니 이야기를 바탕으로 이유를 제시했는지 살펴봐 주세요.

2. 핵심 낱말을 이야기에서 찾는 활동입니다. 핵심 낱말의 뜻을 살펴보고 더 정확하게 이해할 수 있습니다.

3. 나라의 근본인 백성들에게 무엇을 교육시키면 좋을지 생각해 보는 창의적 활동입니다. 정해진 답이 없으므로 틀에 얽매이지 않고 다양한 생각을 표현할 수 있도록 지도해 주세요.

4. 아버지와 아들이 맞고소한 게 딱한 이유는 무엇인지 생각해 보는 활동입니다. 부자 관계와 관련해서 이유를 제시하면 좋습니다.

79p

1. 이야기에 나온 계환자의 생각을 정확하게 이해하고 있는지 확인하는 사실적 질문입니다. 정확하게 답을 썼는지 확인해 주세요.

2. 죄가 있는 사람을 따져서 무엇이 잘못인지 비판해 보는 활동입니다. 둘 다 죄가 있다고 생각하는 경우, 어떤 점이 잘못인지 둘 다 쓸 수 있도록 지도해 주세요.

3. 이야기를 바탕으로 계환자가 불만인 이유를 찾는 논리적 문제입니다. 이야기에 근거해서 이유를 찾을 수 있는지 살펴봐 주시고, 완성된 문장으로 서술할 수 있도록 지도해 주세요.

4. 두 주인공의 의견이 옳은지 그른지 따져보는 활동입니다. 동의하는 이유를 자세히 설명할 수 있도록 지도해 주세요.

따져보기3 83p

사실 1 공 선생님이 아버지와 아들을 감옥에 가두면서 내건 조건은 두 가지였어요. 무엇인지 빈칸에 알맞은 낱말을 써 보세요.

답
조건① 제비 집 이/가 잘 보이는 방에 가두기.
조건② 끼니 을/를 푸짐하게 넣어 주기.

논리 2 공 선생님은 왜 이러한 조건을 갖추어서 아버지와 아들을 감옥에 가두었을까요? 자신의 생각을 써 보세요.

예 제비를 보며 밥을 먹으면서 부모와 자식 간의 관계를 다시 생각해 보고 스스로 잘못을 반성하게 만들기 위해서입니다.

창의 3 효와 관련된 사자성어 '반포지효'를 만화로 살펴보고, 아들에게 무슨 말을 해 주면 좋을지 생각해 보세요.

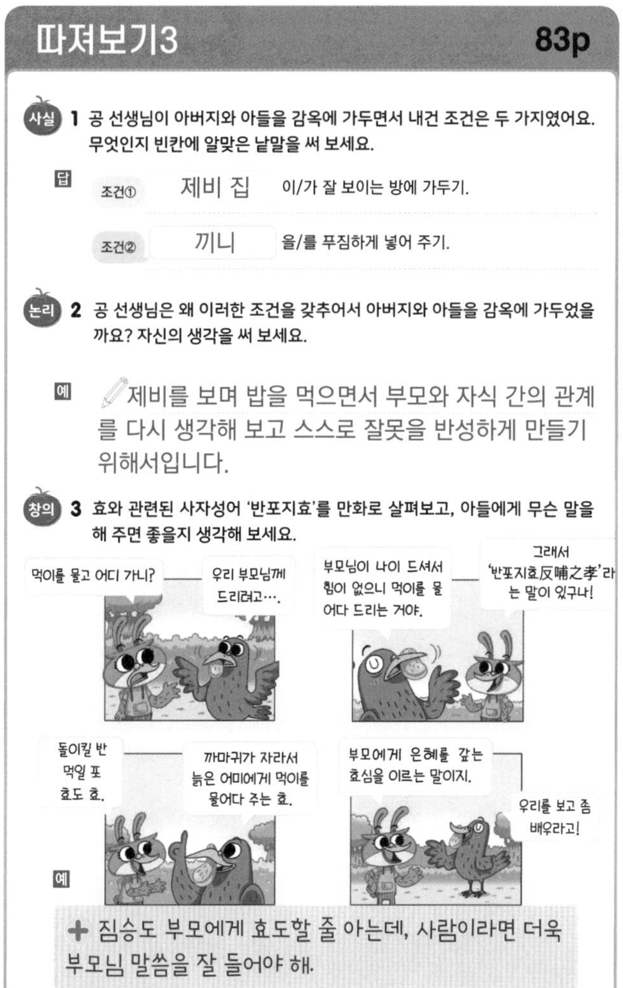

먹이를 물고 어디 가니?
우리 부모님께 드리려고….
부모님이 나이 드셔서 힘이 없으니 먹이를 물어다 드리는 거야.
그래서 '반포지효反哺之孝'라는 말이 있구나!
돌이킬 반 먹일 포 효도 효.
까마귀가 자라서 늙은 어미에게 먹이를 물어다 주는 효.
부모에게 은혜를 갚는 효심을 이르는 말이지.
우리를 보고 좀 배우라고!

예
✚ 짐승도 부모에게 효도할 줄 아는데, 사람이라면 더욱 부모님 말씀을 잘 들어야 해.

따져보기4 85p

비판 1 공 선생님의 판결을 어떻게 생각하나요? 자신의 의견에 동그라미 치고 이유를 써 보세요.

예 아들이 잘못을 뉘우쳤으니 풀어 주는 게 (옳다, 옳지 않다). 왜냐하면 처벌보다 중요한 것은 스스로 잘못을 뉘우치는 것이기 때문이다.

✚ 벌을 내리기는 쉬워도 잘못을 스스로 뉘우치게 하기는 어렵습니다.

논리 2 여러분이 재판장이라면 이 사건을 어떻게 해결할 건가요? 방법을 생각해서 써 보고, 왜 그 방법이 좋은지 이유를 말해 보세요.

예 아버지와 아들의 다툼을 연극으로 만들어서 보게 만듭니다. 아버지와 아들이 연극을 보면서 서로의 입장을 이해할 수도 있고, 자신이 무엇을 잘못했는지 깨달을 수도 있습니다.

창의 3 '자식은 부모의 거울'이라는 말의 뜻을 생각해 보고, 부모님과 자신의 비슷한 점을 찾아 써 보세요.

예 아빠와 저는 걸음걸이도 비슷하고 식성도 비슷합니다. 엄마는 아빠와 제가 고집 센 것도 비슷하다고 하는데 저는 잘 모르겠습니다.

추론 4 공 선생님의 말을 듣고 계환자는 기분이 좋지 않았어요. 이 상황을 잘 표현한 속담을 찾아 동그라미 쳐 보세요.

답 닭 잡아먹고 오리발 내놓기. / (도둑이 제 발 저리다.) / 사촌이 땅을 사면 배가 아프다.

✚ 계환자는 임금을 못났다고 우습게 여기는데, 이런 모습은 아버지를 무시하는 아들과 같은 행동입니다. 그래서 계환자는 공 선생님의 말을 듣고 뜨끔한 겁니다.

해설

83p

1. 공 선생님이 사건을 해결하기 위해 내건 조건 두 가지를 확인해 보면서 내용을 더 정확하게 이해할 수 있습니다. 정확한 답을 이야기에서 찾아 썼는지 살펴봐 주세요.
2. 공 선생님의 의도를 파악해서 논리적으로 서술해 보는 활동입니다. 단답형으로 쓰지 않고 충분히 의견을 서술할 수 있도록 지도해 주세요.
3. 효와 관련된 사자성어를 만화로 재미있게 살펴보면서 사자성어의 의미도 익히고 효의 중요성도 되새겨 보는 활동입니다. 아들에게 무슨 말을 해주면 좋을지 재치 있는 답변을 기대해 봅니다.

85p

1. 공 선생님의 판결이 옳은지 따져보는 활동입니다. 정해진 답이 없고 자신의 판단에 명확한 근거를 제시할 수 있으면 좋습니다.
2. 문제 상황을 설득력 있는 방법으로 해결해 보는 활동입니다. 문제의 핵심은 아버지와 아들 둘 다 잘못이 있고, 부자 관계라서 법으로 처벌하기 어려운 점입니다. 이 부분을 잘 반영해서 사건의 해결책을 제시했는지 살펴봐 주세요.
3. 부모님과 자신의 비슷한 점을 찾으면서 부모 역할의 중요성과 부모와 자식 간의 밀접한 관계를 생각해 보는 활동입니다.
4. 계환자의 마음을 잘 표현할 수 있는 속담을 찾는 활동입니다. 속담의 의미를 추론해서 답을 찾아본 후, 정확한 의미를 익힐 수 있도록 지도해 주세요.

간추리기1 86p

간추리기2 87p

간추리기2 부자 재판
공 선생님의 재판을 그린 옛 그림인데, 오래되어서 그림에 쓴 글이 지워졌어. 무슨 내용인지 알 수 있도록 아버지와 아들이 주장한 내용을 써 봐.
공 선생, 서로를 고소한 아버지와 아들을 판결하다
예
아버지를 벌해 주세요. 아버지가요,
하도 심하게 때려서 온몸에 멍이 들었어요.
아들을 벌해 주세요. 아들이요,
농사도 짓지 않고 게으름을 피워서 뭐라고 했더니 제 이마를 들이받았어요.

해설

86p

그림에 어울리는 제목을 지으면서 이야기를 간추려 보는 활동입니다. 이야기를 다시 떠올려서 적절한 문장으로 간결하게 정리해 볼 수 있습니다.

87p

아버지와 아들 입장에서 다시 생각해 보고 이들의 입장을 글로 정리해 보는 활동입니다. 단답형이 아닌 완성된 문장형으로 쓸 수 있도록 지도해 주세요.

짚어보기1 88p

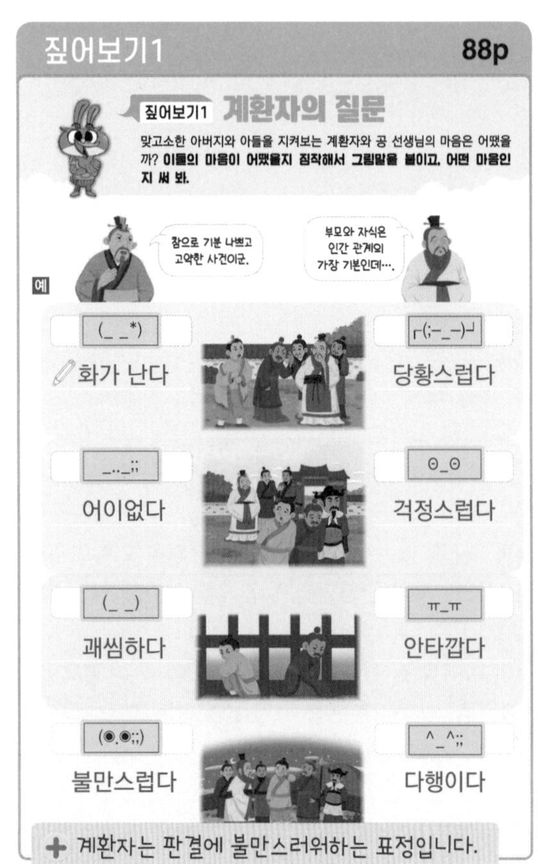

+ 계환자는 판결에 불만스러워하는 표정입니다.

짚어보기2 89p

짚어보기2 누구를 닮아
아들은 누구를 닮아 저러는 걸까? 등장인물들은 아들이 누구를 닮았다고 생각할까? 이들의 생각을 짐작해서 써 보고, 네 생각도 말해 봐.
예
아들은 아마도… 어머니의 품성을 자식이 닮는다는 말이니 아들은 아마도 엄마를 닮았겠구나.
'자식을 보기 전에 어머니를 보랬다'고
아들의 아버지
아들은 아마도… 아들은 여러 면에서 아버지를 닮았어.
'그 아버지에 그 아들'이라고
어머니
아들은 아마도… 부모를 닮았을 거야. 부모가 효도하는 모습을 먼저 보여야 자식이 효도를 하는 법이지.
'부모가 온효자 되어야 자식이 반효자'라고
계환자
저는 아마도… 부모님을 닮았을 거예요. 부모님 아들이니까요. (그런데 자꾸 두 분이서 저를 두고 자신은 닮지 않았다고 하시네요.)
제가 누구를 닮았냐고요?
아들

88p

아버지와 아들을 바라보는 계환자와 공 선생님의 마음이 어떻게 다른지 그림말로 표현해 보는 활동입니다. 자신이 선택한 그림말이 어떤 마음인지 낱말로도 써 볼 수 있도록 지도해 주세요.

89p

속담을 통해서 부모 자식 간의 관계를 더 생각해 보는 활동입니다. 속담의 뜻을 이해해서 관련된 내용으로 써도 되지만, 정해진 답은 없으므로 자유롭게 자신의 생각을 펼칠 수 있도록 지도해 주세요.

짚어보기3 90p

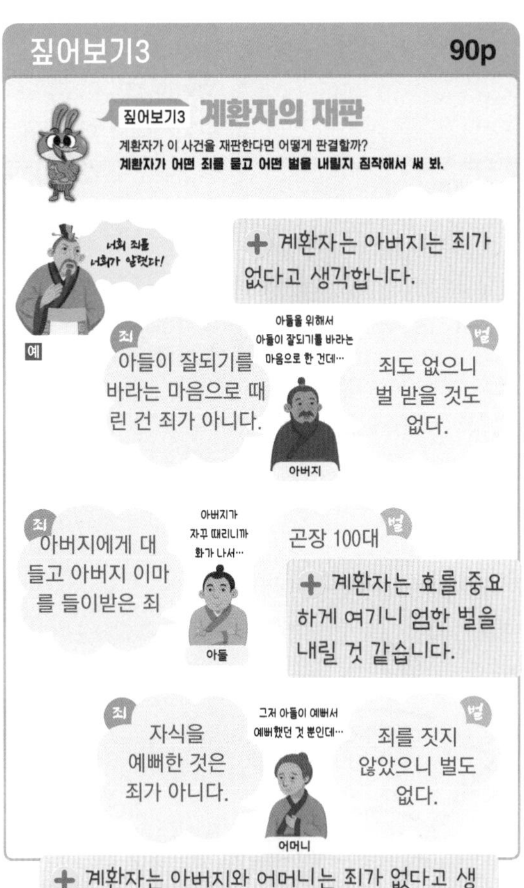

짚어보기3 계환자의 재판
계환자가 이 사건을 재판한다면 어떻게 판결할까?
계환자가 어떤 죄를 묻고 어떤 벌을 내릴지 짐작해서 써 봐.
너희 죄를 너희가 알렸다!
+ 계환자는 아버지는 죄가 없다고 생각합니다.
예
죄
아들이 잘되기를 바라는 마음으로 때린 건 죄가 아니다.
아들을 위해서 아들이 잘되기를 바라는 마음으로 한 건데…
벌
죄도 없으니 벌 받을 것도 없다.
아버지
죄
아버지에게 대들고 아버지 이마를 들이받은 죄
아버지가 자꾸 때리니까 화가 나서…
아들
곤장 100대
벌
+ 계환자는 효를 중요하게 여기니 엄한 벌을 내릴 것 같습니다.
죄
자식을 예뻐한 것은 죄가 아니다.
그저 아들이 예뻐서 예뻐했던 것 뿐인데…
어머니
벌
죄를 짓지 않았으니 벌도 없다.

+ 계환자는 아버지와 어머니는 죄가 없다고 생각하니 벌을 내리지 않을 겁니다.

짚어보기4 91p

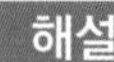

짚어보기4 다른 생각
임금과 신하들, 그리고 백성들은 이번 사건을 어떻게 생각할까? 이들의 생각을 짐작해서 그래프에 색칠하고 그렇게 짐작한 이유를 말해 봐.
엄벌로 다스려야지요! 공 선생은 물러나시오!
시끄럽구나! 각자 생각의 정도만큼 색칠해 보아라.
가르친 다음에 처벌하는 법은 하는 게 옳소!
예
공 선생의 생각이 맞다.
공 선생이 물러나는 데 찬성한다.
내 생각은…
신하들은…
우리 백성들은…

+ 신하들은 임금보다 힘이 센 계환자를 따라 계환자와 생각이 비슷할 것 같습니다.

짚어보기5 92p

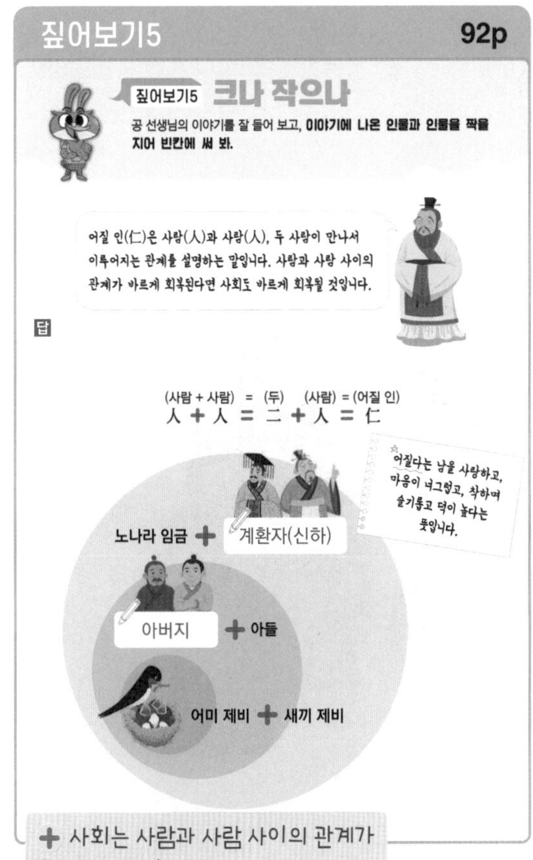

+ 사회는 사람과 사람 사이의 관계가 중요한 것 같습니다.

보고하기 93p

보고하기 가리사니 생각

계환자는 공 선생님의 판결을 어떻게 받아들여야 할까?
계환자가 어떻게 해야 할지 **타당한 근거를 들어 네 생각을 써 봐.**

문제 상황 1 불효자식은 딱 부러지게 혼을 내야 한다고 생각해요. 다시는 이런 사건이 일어나지 않아야 하니까요.

문제 상황 2 공 선생님이 틀렸다고 생각해요.

문제 상황 3 그래서 이참에 공 선생님을 벼슬자리에서 물러나게 해야 한다고 생각해요.

예

제목	부모 자식은 인간 관계의 기본
서론 (문제 상황 + 내 주장)	공 선생님은 불효자가 스스로 잘못을 깨닫게 만들었는데 이는 불효자에게 엄벌을 내리는 것보다 효과적인지 생각해 봐야 한다. 나는 공 선생님의 방법이 옳다고 생각한다.
본론 근거 1	왜냐하면 불효자에게 엄벌을 내려 딱 부러지게 혼을 낸다고 해도 스스로 뉘우치지 않으면 소용없기 때문이다. 잘못을 진심으로 반성하는 마음이 있어야 행동을 고칠 수 있다.
근거 2	또한 불효자에게 벌을 내린다면 어긋난 부모 자식 간의 관계도 회복되기 어렵다. 벌을 받은 자식은 부모를 원망할 거고 부모는 자식에게 무거운 마음이 들 거다.
결론 (요약 + 강조)	그러므로 벌을 내리기보다는 부모 자식 간의 관계를 먼저 회복하는 게 중요하다. 관계 회복을 중요하게 생각한 공 선생님이 옳으니 공 선생님은 벼슬자리에서 물러나면 안 된다.

해설

90p

이야기에서 계환자는 불효자에게 엄벌을 내려야 한다고 했으니 쉽게 짐작할 수 있지만, 다른 생각을 할 수도 있습니다. 왜 그렇게 생각했는지 이유를 물어봐 주시고 아이의 생각을 존중해 주세요.

91p

부자 소송을 다양한 계층의 입장에서 생각해 볼 수 있는 활동입니다. 임금과 백성들은 공 선생님의 판결을 칭찬했다는 이야기를 바탕으로 생각을 구체화시킬 수 있습니다.

92p

'인'을 통해서 공자가 만들고자 했던 '대동사회'의 개념을 이해해 보는 활동입니다. 공자는 사람과 사람 사이의 관계 회복을 통해 사회를 바꿀 있다고 주장했습니다.

93p

주어진 주제에 타당한 근거를 들어 한 편의 완성된 논술문을 쓰는 활동입니다. 근거는 중심 문장과 뒷받침 문장으로 쓸 수 있도록 지도해 주세요. 뒷받침 문장은 중심 내용을 부연 설명하거나 예시를 들면 됩니다.

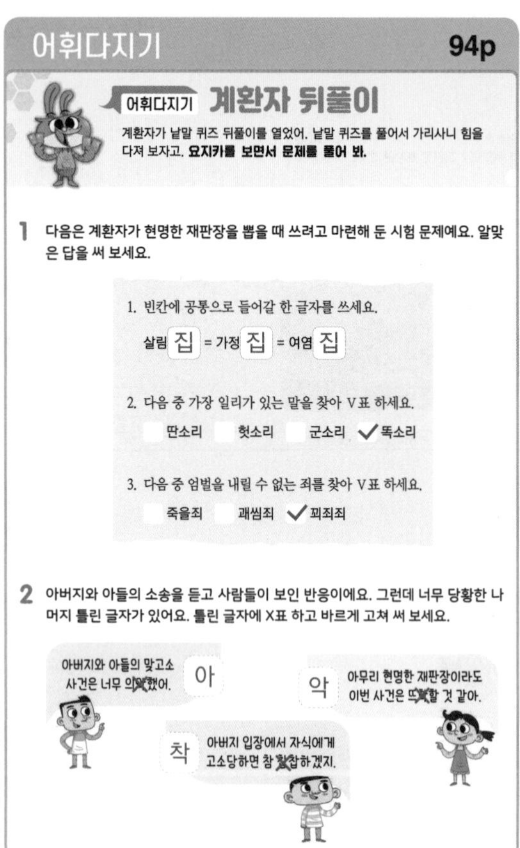

어휘다지기 94p

어휘다지기 계환자 뒤풀이

계환자가 낱말 퀴즈 뒤풀이를 열었어. 낱말 퀴즈를 풀어서 가리사니 힘을 다져 보자고. **요지카를 보면서 문제를 풀어 봐.**

1 다음은 계환자가 현명한 재판장을 뽑을 때 쓰려고 마련해 둔 시험 문제예요. 알맞은 답을 써 보세요.

1. 빈칸에 공통으로 들어갈 한 글자를 쓰세요.

   살림 집 = 가정 집 = 여염 집

2. 다음 중 가장 일리가 있는 말을 찾아 V표 하세요.

   딴소리 헛소리 군소리 ✓ 똑소리

3. 다음 중 엄벌을 내릴 수 없는 죄를 찾아 V표 하세요.

   죽을죄 괘씸죄 ✓ 꾀죄죄

2 아버지와 아들의 소송을 듣고 사람들이 보인 반응이에요. 그런데 너무 당황한 나머지 틀린 글자가 있어요. 틀린 글자에 X표 하고 바르게 고쳐 써 보세요.

아버지와 아들의 맞고소 사건은 너무 의X했어. 아
아무리 현명한 재판장이라도 이번 사건은 뜨X할 것 같아. 악
아버지 입장에서 자식에게 고소당하면 참 X잡하겠지. 착

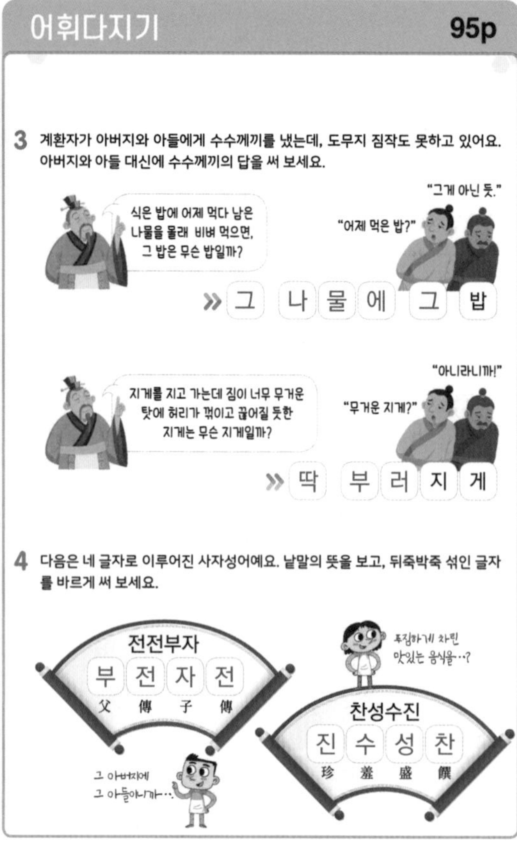

어휘다지기 95p

3 계환자가 아버지와 아들에게 수수께끼를 냈는데, 도무지 짐작도 못하고 있어요. 아버지와 아들 대신에 수수께끼의 답을 써 보세요.

식은 밥에 어제 먹다 남은 나물을 몰래 비벼 먹으면, 그 밥은 무슨 밥일까?
"어제 먹은 밥?"
"그게 아닌 듯."
» 그 나물에 그 밥
지게를 지고 가는데 짐이 너무 무거운 탓에 허리가 꺾이고 끊어질 듯한 지게는 무슨 지게일까?
"무거운 지게?"
"아니라니까!"
» 딱 부러지게

4 다음은 네 글자로 이루어진 사자성어예요. 낱말의 뜻을 보고, 뒤죽박죽 섞인 글자를 바르게 써 보세요.

해설

94~95p

요지카에서 다룬 어휘를 다시 한번 문제로 풀어보면서 어휘력을 기르는 활동입니다. 요지카를 보면서 문제를 풀 수 있도록 지도해 주세요.

준비하기 98p

열쇠는 5개
여는 데 주어진 시간 5초!
여는 사람이 임자!

예 이 상자는 열쇠가 없어도 그냥 열 수 있습니다. 상자의 뚜껑이 열쇠의 잠금 장치와 연결되어 있지 않습니다.

해설 98p

열쇠 구멍이 보이면 반드시 열쇠로 열어야 한다고 생각하는 고정관념에서 벗어나서 통찰력을 가지고 문제를 풀어 보는 활동입니다. 자세히 보면 잠금장치와 상자의 뚜껑이 분리되어 있는 걸 알 수 있습니다.

요지카 낱말 등급 활동지 23~24p

낱말	등급	낱말	등급
신전	★★★★☆	제사장	★★★★★
무지막지하다	★★★★☆	달구지	★★☆☆☆
단숨에	★★★☆☆	솔깃하다	★★★★☆
꿀 먹은 벙어리	★★★★★	보나 마나	★★★★★
비장하다	★★★★☆	영악하다	★★★★☆

들어보기 100~111p

● ㅅㅈ

프리기아 왕국의 수도 고르디온에 있는 **신전**을 지키는 제사장인데요.

● ㅈㅅㅈ

프리기아 왕국의 수도 고르디온에 있는 신전을 지키는 **제사장**인데요.

● ㅁㅈㅁㅈㅎㄷ(ㅁㅈㅁㅈㅎ)

이 **무지막지한** 마케도니아의 왕 알렉산드로스가 한 짓이 옳은지 들어 보세요.

● ㄷㄱㅈ

두 바퀴 **달구지**를 타고 첫 번째로 신전에 들어오는 사람이 왕이 될 거라고 예언했습니다.

● ㄷㅅㅁ

우리 프리기아까지 **단숨에** 밀고 들어왔거든요.

● ㅅㄱㅎㄷ(ㅅㄱㅎ)

대왕이 될 것이라는 예언에 귀가 **솔깃할** 수밖에 없었을 겁니다.

● ㄲ ㅁㅇ ㅂㅇㄹ

아무리 기도해 봐도 사바지오스 신은 **꿀 먹은 벙어리**였어요.

● ㅂㄴ ㅁㄴ

싸움은 **보나 마나** 지게 생겼지요.

● ㅂㅈㅎㄷ(ㅂㅈㅎ)

알렉산드로스 왕은 **비장한** 표정으로 동전을 높이 던졌대요.

● ㅇㅇㅎㄷ(ㅇㅇㅎ)

무지막지하고 엉큼한 왕인 줄 알았지만 그렇게 **영악한** 줄은 미처 몰랐어요.

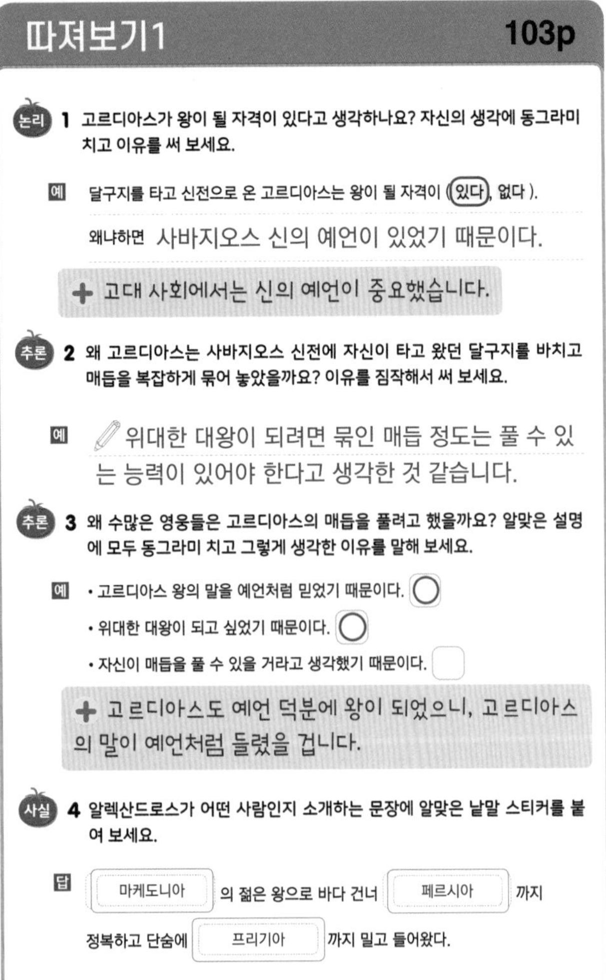

따져보기1 103p

논리 **1 고르디아스가 왕이 될 자격이 있다고 생각하나요? 자신의 생각에 동그라미 치고 이유를 써 보세요.**

예 달구지를 타고 신전으로 온 고르디아스는 왕이 될 자격이 (있다(○), 없다).

왜냐하면 사바지오스 신의 예언이 있었기 때문이다.

+ 고대 사회에서는 신의 예언이 중요했습니다.

추론 **2 왜 고르디아스는 사바지오스 신전에 자신이 타고 왔던 달구지를 바치고 매듭을 복잡하게 묶어 놓았을까요? 이유를 짐작해서 써 보세요.**

예 위대한 대왕이 되려면 묶인 매듭 정도는 풀 수 있는 능력이 있어야 한다고 생각한 것 같습니다.

추론 **3 왜 수많은 영웅들은 고르디아스의 매듭을 풀려고 했을까요? 알맞은 설명에 모두 동그라미 치고 그렇게 생각한 이유를 말해 보세요.**

예
- 고르디아스 왕의 말을 예언처럼 믿었기 때문이다. ○
- 위대한 대왕이 되고 싶었기 때문이다. ○
- 자신이 매듭을 풀 수 있을 거라고 생각했기 때문이다. ☐

+ 고르디아스도 예언 덕분에 왕이 되었으니, 고르디아스의 말이 예언처럼 들렸을 겁니다.

사실 **4 알렉산드로스가 어떤 사람인지 소개하는 문장에 알맞은 낱말 스티커를 붙여 보세요.**

답 [마케도니아] 의 젊은 왕으로 바다 건너 [페르시아] 까지 정복하고 단숨에 [프리기아] 까지 밀고 들어왔다.

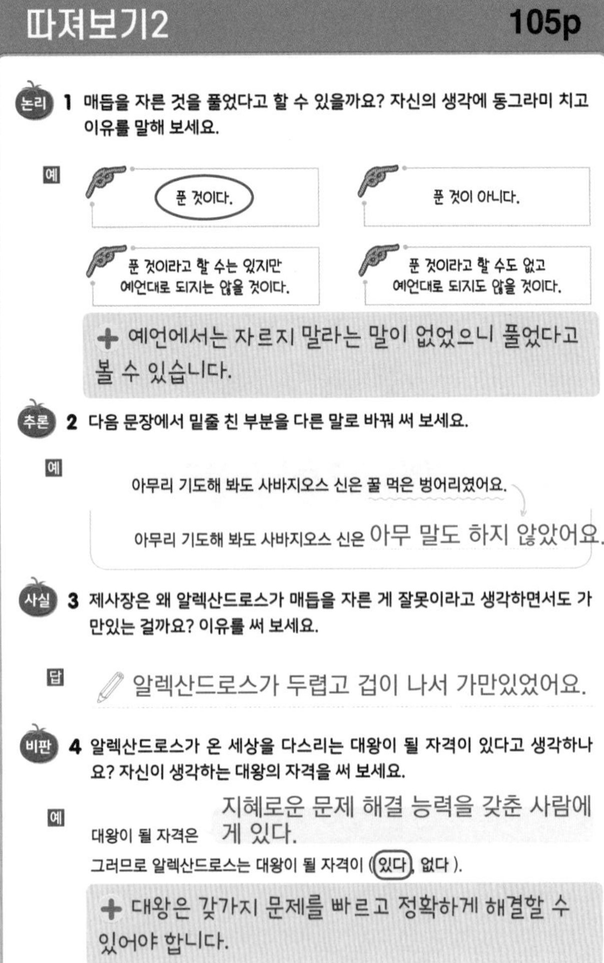

따져보기2 105p

논리 **1 매듭을 자른 것을 풀었다고 할 수 있을까요? 자신의 생각에 동그라미 치고 이유를 말해 보세요.**

예
- 푼 것이다. (○)
- 푼 것이 아니다.
- 푼 것이라고 할 수는 있지만 예언대로 되지는 않을 것이다.
- 푼 것이라고 할 수도 없고 예언대로 되지도 않을 것이다.

+ 예언에서는 자르지 말라는 말이 없었으니 풀었다고 볼 수 있습니다.

추론 **2 다음 문장에서 밑줄 친 부분을 다른 말로 바꿔 써 보세요.**

예 아무리 기도해 봐도 사바지오스 신은 꿀 먹은 벙어리였어요.

아무리 기도해 봐도 사바지오스 신은 아무 말도 하지 않았어요.

사실 **3 제사장은 왜 알렉산드로스가 매듭을 자른 게 잘못이라고 생각하면서도 가만있는 걸까요? 이유를 써 보세요.**

답 알렉산드로스가 두렵고 겁이 나서 가만있었어요.

비판 **4 알렉산드로스가 온 세상을 다스리는 대왕이 될 자격이 있다고 생각하나요? 자신이 생각하는 대왕의 자격을 써 보세요.**

예 대왕이 될 자격은 지혜로운 문제 해결 능력을 갖춘 사람에게 있다.

그러므로 알렉산드로스는 대왕이 될 자격이 (있다(○), 없다).

+ 대왕은 갖가지 문제를 빠르고 정확하게 해결할 수 있어야 합니다.

해설

103p

1. 왕의 자격은 무엇인지 생각해 보고 고르디아스가 왕이 될 자격이 있는지 근거를 들어 설명해 보는 활동입니다. 예언이 무엇인지, 예언이 중요한지 더 생각해 볼 수 있도록 질문해 주세요.
2. 맥락적 의미를 통해 주인공의 의도를 생각해 보는 활동입니다. 정해진 답이 없으므로 이유가 설득력을 갖췄는지 살펴봐 주시고, 자세하게 서술할 수 있도록 지도해 주세요.
3. 영웅들이 왜 매듭을 풀고 싶어 하는지 다양한 이유를 생각해 보는 활동입니다. 모두 답이 될 수 있으므로 자신이 선택한 이유가 왜 맞다고 생각하는지 더 설명할 수 있도록 지도해 주세요.
4. 주인공을 알맞은 낱말로 설명해 보는 활동입니다.

105p

1. '풀다'의 낱말 뜻을 어떻게 해석할 수 있는지 생각해 보는 활동입니다. 문제를 해결한다는 뜻으로 이해해서 알렉산드로스의 행동을 긍정적으로 평가할 수도 있습니다. 정해진 답이 없으므로 자신의 생각을 말로 표현할 수 있도록 지도해 주세요.
2. 문장을 맥락적으로 이해해서 어휘의 뜻을 추론해 보고, 비슷한 의미의 다른 말로 바꿔 보는 활동입니다. 예와 비슷한 내용을 썼는지 확인해 주세요.
3. 제사장이 가만있는 이유를 이야기에서 찾는 사실적 질문입니다. 답과 다른 내용을 썼다면 이야기를 다시 읽으면서 더 생각해 볼 수 있도록 지도해 주세요.
4. 대왕의 자격이 무엇인지 쓰고, 알렉산드로스가 대왕이 될 자격이 있는지 비판적으로 따져보는 활동입니다. 자신이 생각한 대왕의 자격에 비추어서 인물을 판단했는지 살펴봐 주세요.

따져보기3 107p

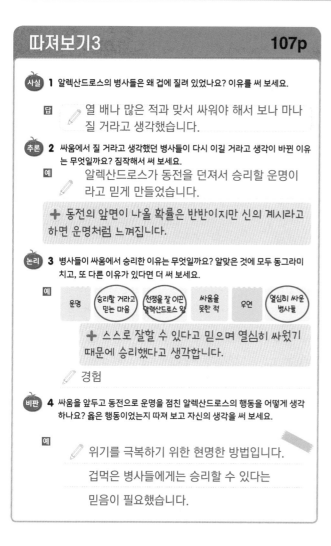

사실 **1** 알렉산드로스의 병사들은 왜 겁에 질려 있었나요? 이유를 써 보세요.

답 열 배나 많은 적과 맞서 싸워야 해서 보나 마나 질 거라고 생각했습니다.

추론 **2** 싸움에서 질 거라고 생각했던 병사들이 다시 이길 거라고 생각이 바뀐 이유는 무엇일까요? 짐작해서 써 보세요.

예 알렉산드로스가 동전을 던져서 승리할 운명이라고 믿게 만들었습니다.

+ 동전의 앞면이 나올 확률은 반반이지만 신의 계시라고 하면 운명처럼 느껴집니다.

논리 **3** 병사들이 싸움에서 승리한 이유는 무엇일까요? 알맞은 것에 모두 동그라미 치고, 또 다른 이유가 있다면 더 써 보세요.

예

운명	승리할 거라고 믿는 마음	전쟁을 잘 이끈 알렉산드로스 왕	싸움을 못한 적	우연	열심히 싸운 병사들

+ 스스로 잘할 수 있다고 믿으며 열심히 싸웠기 때문에 승리했다고 생각합니다.

경험

비판 **4** 싸움을 앞두고 동전으로 운명을 점친 알렉산드로스의 행동을 어떻게 생각하나요? 옳은 행동이었는지 따져 보고 자신의 생각을 써 보세요.

예 위기를 극복하기 위한 현명한 방법입니다. 겁먹은 병사들에게는 승리할 수 있다는 믿음이 필요했습니다.

따져보기4 109p

창의 **1** 만약 알렉산드로스가 던진 동전이 땅바닥에 세로로 꽂혀 앞면과 뒷면이 모두 보였다면 어땠을까요? 각 인물이 어떤 표정을 지었을지 스티커를 붙여 보세요.

예

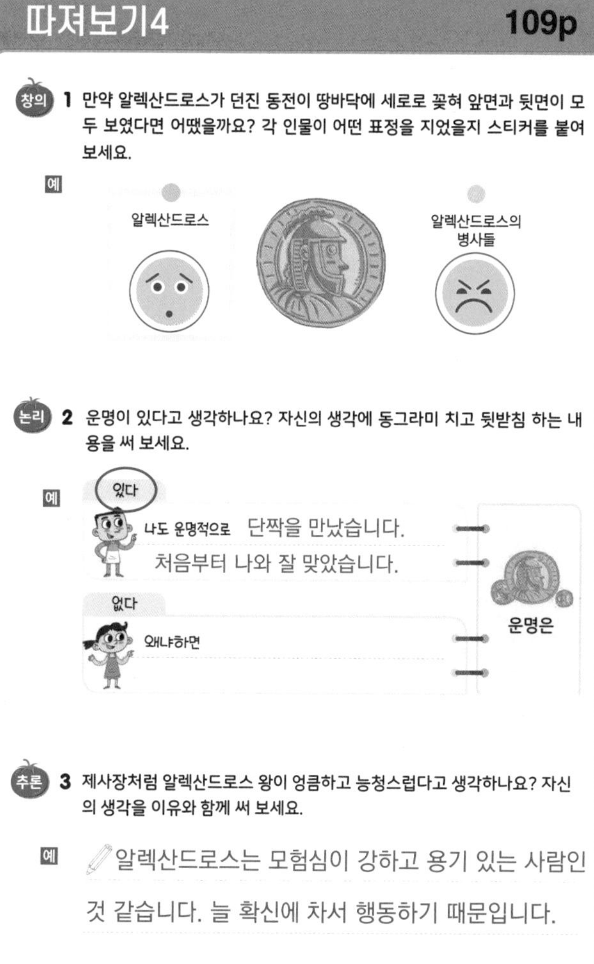

논리 **2** 운명이 있다고 생각하나요? 자신의 생각에 동그라미 치고 뒷받침 하는 내용을 써 보세요.

예

있다
나도 운명적으로 단짝을 만났습니다.
처음부터 나와 잘 맞았습니다.
없다
왜냐하면
운명은

추론 **3** 제사장처럼 알렉산드로스 왕이 엉큼하고 능청스럽다고 생각하나요? 자신의 생각을 이유와 함께 써 보세요.

예 알렉산드로스는 모험심이 강하고 용기 있는 사람인 것 같습니다. 늘 확신에 차서 행동하기 때문입니다.

해설

107p

1. 이야기를 잘 이해하고 있는지 확인하는 사실적 질문입니다. 문장으로 잘 정리해서 답을 쓸 수 있으면 좋습니다.

2. 병사들의 생각이 바뀐 이유를 추론해 내는 활동입니다. 다양한 이유를 들 수 있으므로 예와 비슷한 내용으로 썼는지 살펴봐 주세요.

3. 병사들이 승리한 이유를 논리적 설득력을 갖춰 설명해 보는 활동입니다. 여러 선택지 중에서 자신의 생각에 동그라미 친 후, 왜 그렇게 생각했는지 말로 설명할 수 있도록 지도해 주세요.

4. 알렉산드로스가 병사들에게 한 행동이 옳은지 비판해 보는 활동입니다. 알렉산드로스의 행동을 어떻게 생각하는지 구체적으로 쓸 수 있도록 지도해 주세요.

109p

1. 이야기를 다른 방향으로 상상해 보고 인물의 행동과 마음을 짐작해서 표정으로 표현해 보는 활동입니다.

2. 운명이 무엇인지 생각해 보고, 운명의 의미를 자신의 경험에 비추어 생각해 보는 활동입니다. 정해진 답이 없으므로 생각을 논리적으로 조리 있게 밝히는지 살펴봐 주세요.

3. 주인공의 말과 행동으로 주인공을 평가해 보는 활동입니다. 단순히 인물에 대한 느낌을 쓰지 않고, 무엇을 토대로 평가했는지 이유를 자세하게 쓸 수 있도록 지도해 주세요.

간추리기1 112p

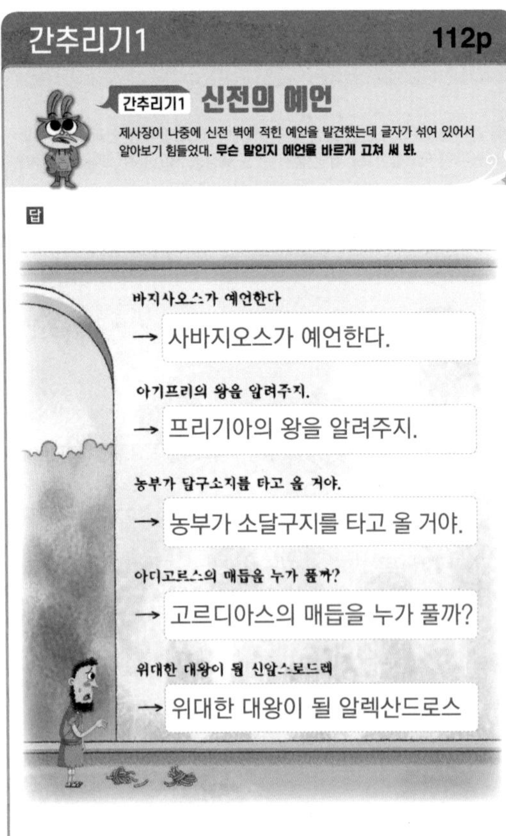

간추리기1 신전의 예언

제사장이 나중에 신전 벽에 적힌 예언을 발견했는데 글자가 섞여 있어서 알아보기 힘들었대. **무슨 말인지 예언을 바르게 고쳐 써 봐.**

답

바지사오스가 예언한다
→ 사바지오스가 예언한다.

아기프리의 왕을 알려주지.
→ 프리기아의 왕을 알려주지.

농부가 달구소지를 타고 올 거야.
→ 농부가 소달구지를 타고 올 거야.

아디고르스의 매듭을 누가 풀까?
→ 고르디아스의 매듭을 누가 풀까?

위대한 대왕이 될 신알스로드레
→ 위대한 대왕이 될 알렉산드로스

간추리기2 113p

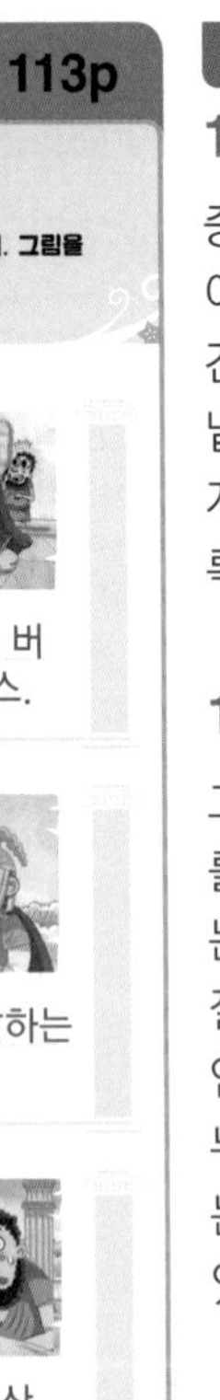

간추리기2 신전의 그림

제사장이 알렉산드로스 이야기를 신전에 그림으로 남겨 놓았대. **그림을 보고 어울리는 설명글을 써 봐.**

예

매듭 푸는 방법을 고민하는 알렉산드로스.	매듭을 뎅겅 잘라 버리는 알렉산드로스.
동전으로 운명을 점치는 알렉산드로스.	동전의 비밀을 말하는 알렉산드로스.
매듭을 푼 게 아니라고 말하는 제사장.	달걀을 세운 알렉산드로스.

해설

112p

중심 낱말을 활용해서 이야기의 핵심 내용을 간추리는 활동입니다. 낱말과 낱말을 매끄럽게 이어서 쓸 수 있도록 지도해 주세요.

113p

그림을 보면서 이야기를 간결하게 요약해 보는 활동입니다. 내용을 잘 이해하고 있는지 확인해 볼 수 있습니다. 누가 무엇을 어떻게 했는지 정확하게 쓸 수 있도록 지도해 주세요.

짚어보기1 114p

짚어보기1 매듭을 뎅겅

알렉산드로스가 매듭을 풀었다고 할 수 있을까? **다른 이들의 생각을 짐작해서 O나 X에 동그라미 치고 그렇게 생각한 까닭을 써 봐.**

예

사바지오스 신 — ⓞ X
아무 말도 하지 않았으니 매듭을 풀었다고 생각하는 것 같습니다.

알렉산드로스 — ⓞ X
망설임 없이 매듭을 자른 걸 보면 이것도 푸는 방법이라고 생각하는 것 같습니다.

고르디아스 왕 — O ⓧ
자신이 낸 문제는 매듭을 풀라는 거였는데 잘랐으니 풀었다고 생각하지 않을 것 같습니다.

알렉산드로스 부하 — ⓞ X
왕이 한 행동이니 옳다고 여겨 매듭을 풀었다고 생각할 것 같습니다.

짚어보기2 115p

짚어보기2 세 가지 질문

제사장의 꿈에 고르디아스 왕이 나와서 제사장이 궁금한 것을 물어보는데, 질문은 단 세 개만 할 수 있었대. **무엇을 물어보면 좋을지 질문을 쓰고, 고르디아스 왕의 답변도 짐작해서 말해 봐.**

왕이시여, 궁금한 게 있어요.
그래, 물어보아라. 단, 질문은 세 개만!

예

Q 왜 소달구지의 매듭을 푸는 사람이 위대한 대왕이 될 거라고 했나요?
+ 답변: 매듭을 풀 사람이 없을 줄 알았지.

Q 알렉산드로스가 매듭을 잘랐는데, 이것도 풀었다고 할 수 있나요?
+ 답변: 자른 건 푼 게 아니야.

Q 알렉산드로스가 위대한 왕이 될 자격이 있나요?
+ 답변: 그건 모르지. 내 예언이 아니더라도 위대한 왕이 될 자격을 갖출 수 있으니까.

114p

알렉산드로스의 행동을 다른 인물이 되어 평가해 보는 활동입니다. 인물의 생각을 짐작해 봄으로써 그 인물이 처한 상황과 인물의 마음을 더 깊이 있게 이해할 수 있습니다.

115p

제사장의 의문점을 질문 형식으로 만들어 보고, 질문의 답도 생각해 보는 활동입니다. 제사장이 무엇을 궁금해 할지 생각해 보고 적절한 질문을 만들어 내면 좋습니다.

짚어보기3 116p

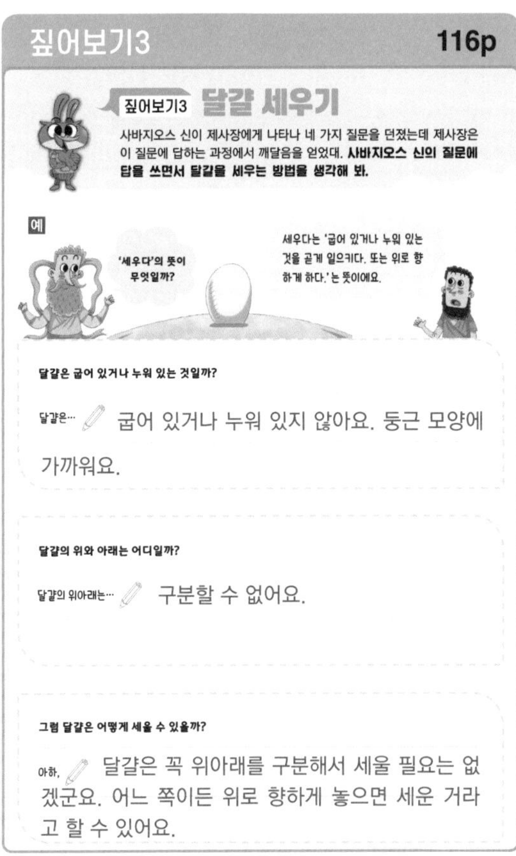

짚어보기3 달걀 세우기

사바지오스 신이 제사장에게 나타나 네 가지 질문을 던졌는데 제사장은 이 질문에 답하는 과정에서 깨달음을 얻었대. **사바지오스 신의 질문에 답을 쓰면서 달걀을 세우는 방법을 생각해 봐.**

예

'세우다'의 뜻이 무엇일까?
세우다는 '굽어 있거나 누워 있는 것을 곧게 일으키다. 또는 위로 향하게 하다.'는 뜻이에요.

달걀은 굽어 있거나 누워 있는 것일까?

달걀은… 굽어 있거나 누워 있지 않아요. 둥근 모양에 가까워요.

달걀의 위와 아래는 어디일까?

달걀의 위아래는… 구분할 수 없어요.

그럼 달걀은 어떻게 세울 수 있을까?

아하, 달걀은 꼭 위아래를 구분해서 세울 필요는 없겠군요. 어느 쪽이든 위로 향하게 놓으면 세운 거라고 할 수 있어요.

짚어보기4 117p

짚어보기4 '풀다'의 풀이

제사장과 알렉산드로스가 이해한 '풀다'의 뜻이 다른 것 같아서 사전에서 '풀다'를 찾아보았어. **빈칸에 들어갈 글자를 쓰고 두 사람이 생각하는 '풀다'의 뜻은 무엇이었는지 번호를 써 봐.**

예

'풀다'

난 5 번!
난 1 번!

① '보따리를 풀다.' 묶이거나 감기거나 합쳐진 것 따위를 그렇지 아니한 상태로 되게 하다.

② '생각을 풀어 나가다.' 생각이나 이야기 따위를 말하다.

③ '노여움을 풀다.' 일어난 감정 따위를 누그러뜨리다.

④ '소원을 풀다.' 마음에 맺혀 있는 것을 해결하여 없애거나 품고 있는 것을 이루다.

⑤ '궁금증을 풀다.' 모르거나 복잡한 문제 따위를 알아내거나 해결하다.

⑥ '외출 금지를 풀다.' 금지되거나 제한된 것을 할 수 있도록 터놓다.

⑦ '개를 풀지 마시오.' 가축이나 사람 따위를 우리나 틀에 가두지 아니하다.

⑧ '코를 풀다.' 콧물을 밖으로 나오게 하다.

+ 알렉산드로스는 문제를 해결하는 의미로 이해했고, 제사장은 묶인 것을 푸는 의미로 이해했습니다.

해설

116p

'세우다'의 사전적 의미를 따져서 달걀을 어떻게 세울 수 있는지 고민해 보는 활동입니다. 질문에 차근차근 답하면서 생각을 단계적으로 펼칠 수 있도록 지도해 주세요.

117p

'풀다'를 사전에서 찾아 낱말의 여러 의미를 배워 봅니다. 더불어 등장인물이 이해한 의미는 무엇인지 추론해 볼 수 있습니다.

짚어보기5 118p

짚어보기5 신전의 칼

알렉산드로스 왕이 매듭을 잘랐던 칼을 신전 벽에 꽂아 놓고 예언을 남겼대. **어떻게 하면 칼을 뽑을 수 있을지 방법을 생각해서 써 봐.**

이 칼을 손 대지 않고 뽑아내는 사람은 온 세상을 지배할 것이다.

예

알렉산드로스 왕의 칼을 손 대지 않고 뽑아내는 방법은…

신전 벽을 무너뜨리면 됩니다. 그러면 칼은 저절로 뽑힐 겁니다.

하지만 신전이 무너지면 안 되니까, 다른 방법으로는… 칼에 밧줄을 감아서 뽑아내면 됩니다. 밧줄은 손이 아니니까 손 대지 않고 뽑아내는 방법입니다.

보고하기 119p

보고하기 가리사니 보고

알렉산드로스가 매듭을 풀었다고 할 수 있을까? 제사장의 질문에 어떻게 답해야 할지 **타당한 근거를 들어 네 생각을 써 봐.**

문제 상황 1 무지막지하고 엉큼한 왕인 줄 알았지만 그렇게 영악한 줄은 미처 몰랐어요. 전 아직도 알렉산드로스 왕이 고르디아스 왕의 달구지 매듭을 푼 게 아니라 고 믿어요.

문제 상황 2 '자르다'와 '풀다'는 다른 것이지요. 그렇지 않아요?

예

제목	알렉산드로스는 위대한 왕이 될 자격이 있다.
서론 (문제 상황 + 내 주장)	매듭을 풀어야 하는데 자른 알렉산드로스에게 위대한 왕이 될 자격이 있는지 생각해 봐야 한다. 나는 알렉산드로스의 방법이 틀리지 않았다고 생각한다.
본론 근거 1	애초에 고르디아스가 매듭을 푸는 방법을 정확하게 정해 놓지는 않았다. 자르면 안 된다는 규정은 없었으니 알렉산드로스의 방법이 틀렸다고 볼 수는 없다.
근거 2	풀다의 개념에는 문제를 해결하다는 의미도 있으므로 알렉산드로스의 방법도 틀리지 않았다. 문제 상황을 지혜롭게 해결했다고 볼 수 있다.
결론 (요약 + 강조)	위대한 왕은 위기를 극복할 수 있는 지혜와 과감한 결단력이 필요하다. 그러므로 알렉산드로스는 위대한 왕이 될 자격이 있다.

118p

이야기에 나온 것과 비슷한 문제를 창의적으로 풀어보면서 발상의 전환을 꾀하는 활동입니다. 제시된 조건을 지키면서 해결할 수 있는 방법을 생각하면 좋습니다.

119p

주어진 주제에 타당한 근거를 들어 한 편의 완성된 논술문을 쓰는 활동입니다. 근거는 중심 문장과 뒷받침 문장으로 쓸 수 있도록 지도해 주세요. 뒷받침 문장은 중심 내용을 부연 설명하거나 예시를 들면 됩니다.

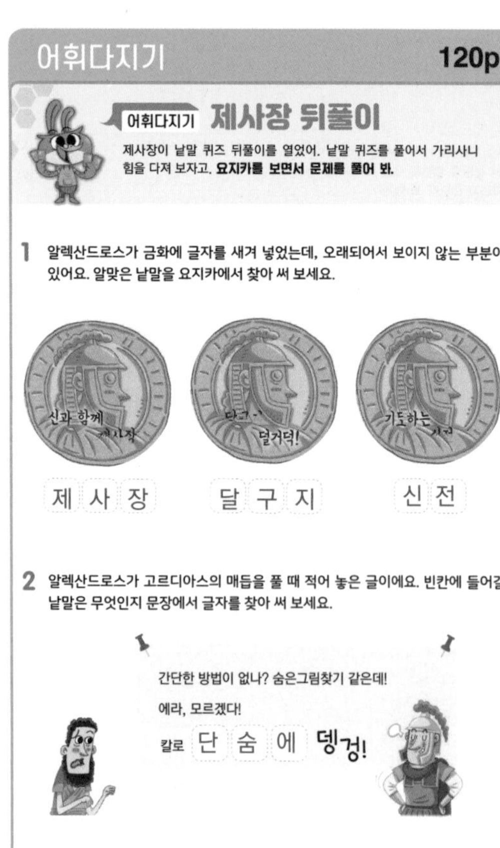
어휘다지기 120p

어휘다지기 제사장 뒤풀이

제사장이 낱말 퀴즈 뒤풀이를 열었어. 낱말 퀴즈를 풀어서 가리사니 힘을 다져 보자고. **요지카를 보면서 문제를 풀어 봐.**

1 알렉산드로스가 금화에 글자를 새겨 넣었는데, 오래되어서 보이지 않는 부분이 있어요. 알맞은 낱말을 요지카에서 찾아 써 보세요.

제 사 장 | 달 구 지 | 신 전

2 알렉산드로스가 고르디아스의 매듭을 풀 때 적어 놓은 글이에요. 빈칸에 들어갈 낱말은 무엇인지 문장에서 글자를 찾아 써 보세요.

간단한 방법이 없나? 숨은그림찾기 같은데!

예라, 모르겠다!

칼로 단 숨 에 뎅겅!

어휘다지기 121p

3 다음 문장에 공통으로 들어갈 말은 무엇일까요? 빈칸에 써 보세요.

사바지오스 신에게 물어도 아무 대답이 없어요.

마치 꿀 먹 은 벙 어 리 같았어요.

달걀을 세우라니!

너무 기막혀서 꿀 먹 은 벙 어 리 가 되었어요.

4 알렉산드로스가 매듭을 풀고 나서 쓴 글인데, 틀린 글자가 있어요. 틀린 글자에 X표 하고 낱말을 바르게 써 보세요.

1. 위대한 왕이 된다니까 귀가 X깃했지.
2. 처음 매듭을 못 풀었을 때는 창피했지만 안 그런 척 X장한 표정을 지었어.
3. 칼로 뎅겅 한 걸 두고 제사장은 X악한 짓이라고 하지만
4. 에이, 나 그렇게 XX지X지한 사람 아니야.

1. 솔 깃 했 지 2. 비 장 한
3. 영 악 한 4. 무 지 막 지 한

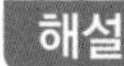
해설

120~121p

요지카에서 다룬 어휘를 다시 한번 문제로 풀어보면서 어휘력을 기르는 활동입니다. 요지카를 보면서 문제를 풀 수 있도록 지도해 주세요.

MEMO

MEMO

✂ —— 자르는 선
········ 접는 선

1. 자르는 선을 따라 가위로 오려서 네 조각으로 만들어 주세요.
2. 접는 선을 따라 안쪽으로 한 번 바깥쪽으로 한 번 접어주세요.
3. 풀칠한 후 같은 번호끼리 모퉁이의 색깔을 맞춰 붙여주세요.
4. 요리조리 접거나 펴면서 그림에 나오는 내용을 상상해서 이야기해 보세요.

③
풀칠
①
풀칠
④
풀칠
②
풀칠

✂ —— 자르는 선
-------- 접는 선

가리사니 임명장

이름:

직책: 가리사니

위 사람을 이야기나라의 가리사니로 임명합니다.

20 년 월 일

이야기나라의 가라사대왕 

✂—— 자르는 선
········ 접는 선

1. 자르는 선을 따라 가위로 오려서 네 조각으로 만들어 주세요.
2. 접는 선을 따라 안쪽으로 한 번 바깥쪽으로 한 번 접어주세요.
3. 풀칠한 후 같은 번호끼리 모퉁이의 색깔을 맞춰 붙여주세요.
4. 요리조리 접거나 펴면서 그림에 나오는 내용을 상상해서 이야기해 보세요.

③
풀칠
①
풀칠
④
풀칠
②
풀칠

✂ —— 자르는 선
······ 접는 선

가리사니 임명장

이름:

직책: 가리사니

위 사람을 이야기나라의 가리사니로 임명합니다.

20 년 월 일

이야기나라의 가라사대왕 

자르는 선
접는 선

1. 자르는 선을 따라 가위로 오려서 네 조각으로 만들어 주세요.
2. 접는 선을 따라 안쪽으로 한 번 바깥쪽으로 한 번 접어주세요.
3. 풀칠한 후 같은 번호끼리 모퉁이의 색깔을 맞춰 붙여주세요.
4. 요리조리 접거나 펴면서 그림에 나오는 내용을 상상해서 이야기해 보세요.

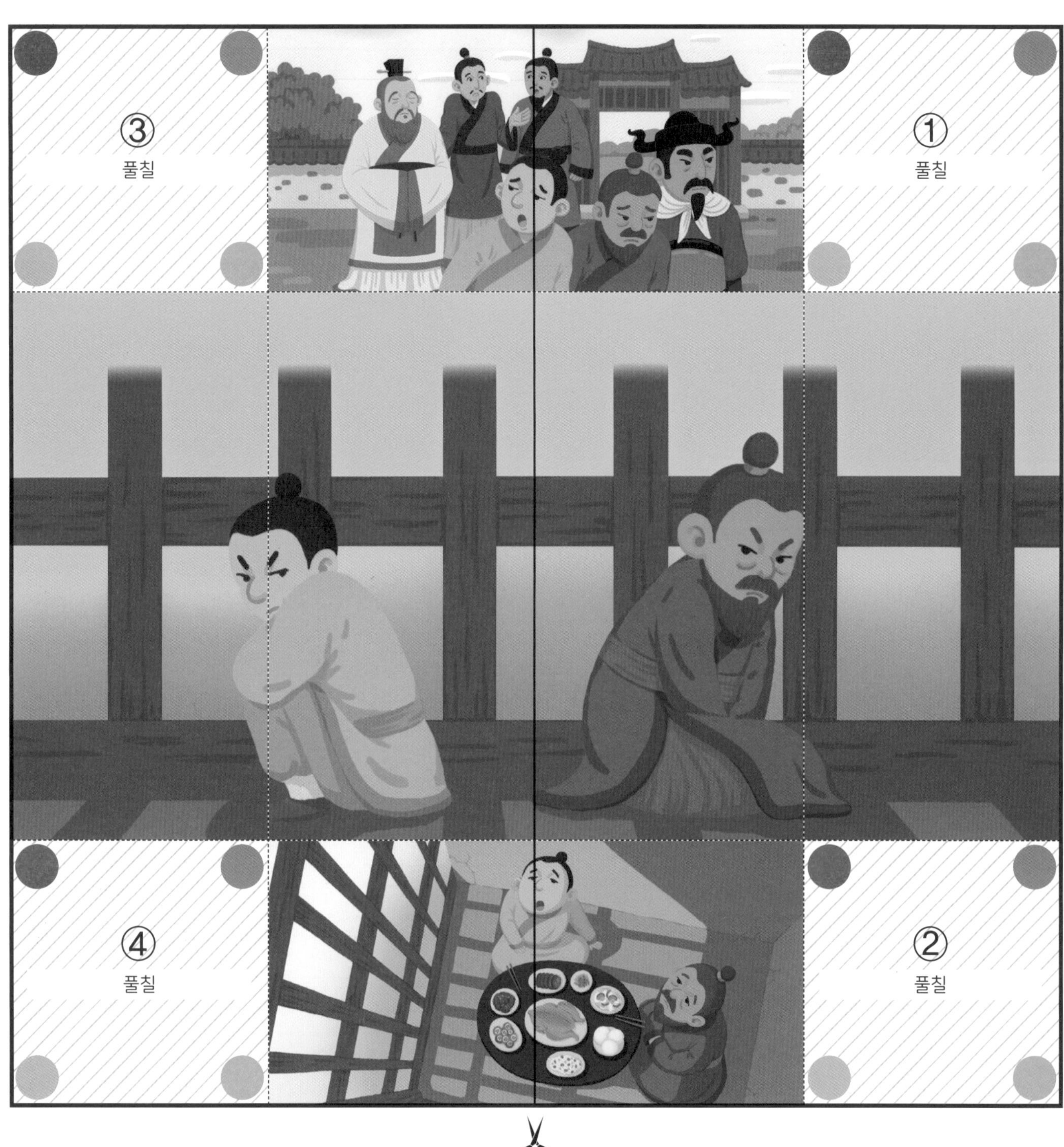
③
풀칠
①
풀칠
④
풀칠
②
풀칠

✂ —— 자르는 선
········ 접는 선

가리사니 임명장

이름:

직책: 가리사니

위 사람을 이야기나라의 가리사니로 임명합니다.

20　　년　　월　　일

이야기나라의 가라사대왕 

✂—— 자르는 선
········ 접는 선

1. 자르는 선을 따라 가위로 오려서 네 조각으로 만들어 주세요.
2. 접는 선을 따라 안쪽으로 한 번 바깥쪽으로 한 번 접어주세요.
3. 풀칠한 후 같은 번호끼리 모퉁이의 색깔을 맞춰 붙여주세요.
4. 요리조리 접거나 펴면서 그림에 나오는 내용을 상상해서 이야기해 보세요.

③
풀칠
①
풀칠
④
풀칠
②
풀칠

✂ —— 자르는 선
········ 접는 선

가리사니 임명장

이름:

직책: 가리사니

위 사람을 이야기나라의 가리사니로 임명합니다.

20　　년　　월　　일

이야기나라의 가라사대왕 

자르는 선

요지카 1

예사롭다

낱말 등급 ☆☆☆☆☆

요지카 2

장사치

낱말 등급 ☆☆☆☆☆

요지카 3

값어치

낱말 등급 ☆☆☆☆☆

요지카 4

미어터지다

낱말 등급 ☆☆☆☆☆

요지카 5

약과

낱말 등급 ☆☆☆☆☆

요지카 6

구제하다

낱말 등급 ☆☆☆☆☆

요지카 7

독차지하다

낱말 등급 ☆☆☆☆☆

요지카 8

하늘 높은 줄 모르다

낱말 등급 ☆☆☆☆☆

요지카 9

이치

낱말 등급 ☆☆☆☆☆

요지카 10

기발하다

낱말 등급 ☆☆☆☆☆

어렵거나 중요한 정도를 점수로 매겨 별점에 색칠해 보세요.

1장 허 선비의 장사

글자를 따라 써 보세요.

제일 돈 많은 장사치예요.

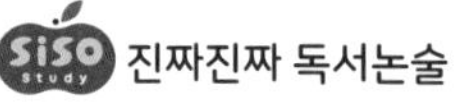
진짜진짜 독서논술

1장 허 선비의 장사

글자를 따라 써 보세요.

처음 왔을 때부터 예사로운 이가 아닌 줄 알았어요.

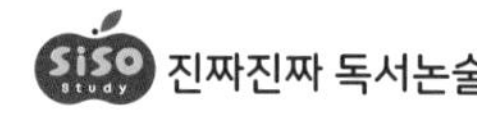
진짜진짜 독서논술

1장 허 선비의 장사

글자를 따라 써 보세요.

창고가 미어터지고 과일이 썩어도 내다 팔지 않았어요.

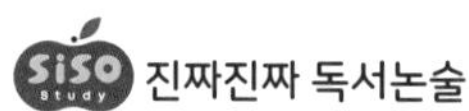
진짜진짜 독서논술

1장 허 선비의 장사

글자를 따라 써 보세요.

어쩌면 그게 더 값어치가 클 수 있어요.

진짜진짜 독서논술

1장 허 선비의 장사

글자를 따라 써 보세요.

가난한 이들을 구제하는 데 썼어요.

진짜진짜 독서논술

1장 허 선비의 장사

글자를 따라 써 보세요.

그 정도는 약과였어요.

진짜진짜 독서논술

1장 허 선비의 장사

글자를 따라 써 보세요.

값이 하늘 높은 줄 모르고 뛰었어요.

진짜진짜 독서논술

1장 허 선비의 장사

글자를 따라 써 보세요.

한 가지를 슬그머니 독차지했어요.

진짜진짜 독서논술

1장 허 선비의 장사

글자를 따라 써 보세요.

참 기발하고도 기막힌 비결이에요.

진짜진짜 독서논술

1장 허 선비의 장사

글자를 따라 써 보세요.

이치에 맞고 그럴듯한 이야기였어요.

진짜진짜 독서논술

자르는 선

요지카 1

생채기

낱말 등급 ☆☆☆☆☆

요지카 2

납치하다

낱말 등급 ☆☆☆☆☆

요지카 3

흥청망청

낱말 등급 ☆☆☆☆☆

요지카 4

흐리멍덩하다

낱말 등급 ☆☆☆☆☆

요지카 5

소스라치다

낱말 등급 ☆☆☆☆☆

요지카 6

들러붙다

낱말 등급 ☆☆☆☆☆

요지카 7

뻥긋하다

낱말 등급 ☆☆☆☆☆

요지카 8

절제하다

낱말 등급 ☆☆☆☆☆

요지카 9

인기척

낱말 등급 ☆☆☆☆☆

요지카 10

팔자

낱말 등급 ☆☆☆☆☆

어렵거나 중요한 정도를 점수로 매겨 별점에 색칠해 보세요.

2장 황금 뇌를 가진 사나이

글자를 따라 써 보세요.

누가 납치해 갈까 봐 걱정해요.

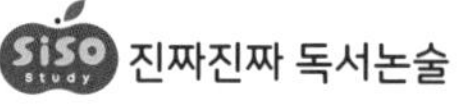 진짜진짜 독서논술

2장 황금 뇌를 가진 사나이

글자를 따라 써 보세요.

생채기에 금 딱지가 졌어요.

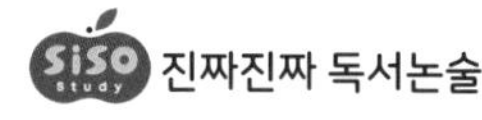 진짜진짜 독서논술

2장 황금 뇌를 가진 사나이

글자를 따라 써 보세요.

정신은 흐리멍덩해지고
뺨도 홀쭉해졌어요.

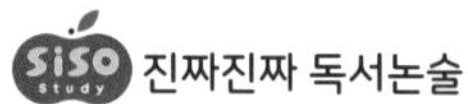 진짜진짜 독서논술

2장 황금 뇌를 가진 사나이

글자를 따라 써 보세요.

매일 잔치를 열어
흥청망청 놀았어요.

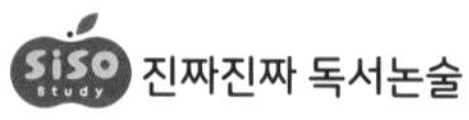 진짜진짜 독서논술

2장 황금 뇌를 가진 사나이

글자를 따라 써 보세요.

친구가 끝까지
들러붙어 있었어요.

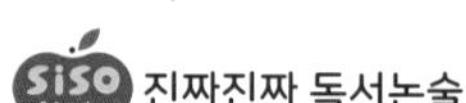 진짜진짜 독서논술

2장 황금 뇌를 가진 사나이

글자를 따라 써 보세요.

자신의 얼굴을 보고
소스라치게 놀랐어요.

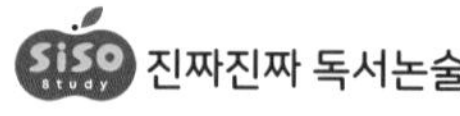 진짜진짜 독서논술

2장 황금 뇌를 가진 사나이

글자를 따라 써 보세요.

절제하며 살아야겠다고
생각했어요.

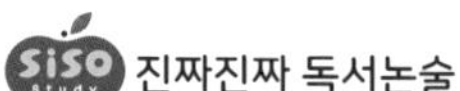 진짜진짜 독서논술

2장 황금 뇌를 가진 사나이

글자를 따라 써 보세요.

입도 뻥긋하지 않았어요.

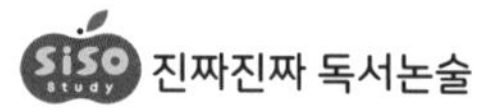 진짜진짜 독서논술

2장 황금 뇌를 가진 사나이

글자를 따라 써 보세요.

타고난 팔자 탓일까요?

siso 진짜진짜 독서논술

2장 황금 뇌를 가진 사나이

글자를 따라 써 보세요.

손님의 인기척을 듣고 나왔어요.

siso 진짜진짜 독서논술

자르는 선

자르는 선 ✂

요지카 1

여염집

낱말 등급 ☆☆☆☆☆

요지카 2

부전자전

낱말 등급 ☆☆☆☆☆

요지카 3

그 나물에 그 밥

낱말 등급 ☆☆☆☆☆

요지카 4

엄벌

낱말 등급 ☆☆☆☆☆

요지카 5

진수성찬

낱말 등급 ☆☆☆☆☆

요지카 6

뜨악하다

낱말 등급 ☆☆☆☆☆

요지카 7

의아하다

낱말 등급 ☆☆☆☆☆

요지카 8

착잡하다

낱말 등급 ☆☆☆☆☆

요지카 9

일리

낱말 등급 ☆☆☆☆☆

요지카 10

딱 부러지게

낱말 등급 ☆☆☆☆☆

어렵거나 중요한 정도를 점수로 매겨 별점에 색칠해 보세요.

자르는 선 ✂

3장 공 선생님의 판결

✎ 글자를 따라 써 보세요.

아버지와 아들을 보니
정말 부전자전이에요.

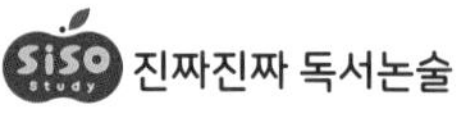

3장 공 선생님의 판결

✎ 글자를 따라 써 보세요.

어느 여염집 아버지가
아들을 고소했어요.

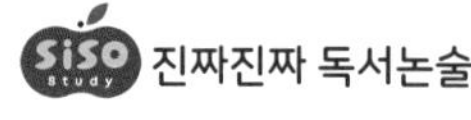

3장 공 선생님의 판결

✎ 글자를 따라 써 보세요.

불효자식에게
엄벌을 내려야 마땅해요.

진짜진짜 독서논술

3장 공 선생님의 판결

✎ 글자를 따라 써 보세요.

참말로 부전자전이고
그 나물에 그 밥이에요.

진짜진짜 독서논술

3장 공 선생님의 판결

✎ 글자를 따라 써 보세요.

진수성찬이 들어와서
또약할 수밖에 없었어요.

진짜진짜 독서논술

3장 공 선생님의 판결

✎ 글자를 따라 써 보세요.

진수성찬을 차려 주었어요.

진짜진짜 독서논술

3장 공 선생님의 판결

✎ 글자를 따라 써 보세요.

아버지도 착잡해 보였어요.

진짜진짜 독서논술

3장 공 선생님의 판결

✎ 글자를 따라 써 보세요.

먹지도 못하고
의아한 마음이 들었어요.

진짜진짜 독서논술

3장 공 선생님의 판결

✎ 글자를 따라 써 보세요.

불효자식은 딱 부러지게
혼을 내야 해요.

진짜진짜 독서논술

3장 공 선생님의 판결

✎ 글자를 따라 써 보세요.

일리 있는 말 같았어요.

진짜진짜 독서논술

자르는 선

요지카 1

신전

낱말 등급 ☆☆☆☆☆

요지카 2

제사장

낱말 등급 ☆☆☆☆☆

요지카 3

무지막지하다

낱말 등급 ☆☆☆☆☆

요지카 4

달구지

낱말 등급 ☆☆☆☆☆

요지카 5

단숨에

낱말 등급 ☆☆☆☆☆

요지카 6

솔깃하다

낱말 등급 ☆☆☆☆☆

요지카 7

꿀 먹은 벙어리

낱말 등급 ☆☆☆☆☆

요지카 8

보나 마나

낱말 등급 ☆☆☆☆☆

요지카 9

비장하다

낱말 등급 ☆☆☆☆☆

요지카 10

영악하다

낱말 등급 ☆☆☆☆☆

어렵거나 중요한 정도를 점수로 매겨 별점에 색칠해 보세요.

자르는 선 ✂

4장 고르디아스의 매듭 글자를 따라 써 보세요.

달구지를 지키는
제사장이라고 해야 하나?

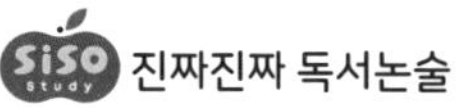

4장 고르디아스의 매듭 글자를 따라 써 보세요.

저는 신전을 지키는
제사장이에요.

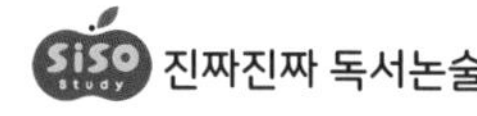

4장 고르디아스의 매듭 글자를 따라 써 보세요.

달구지를 타고 오는 사람이
왕이 된대요.

siso study 진짜진짜 독서논술

4장 고르디아스의 매듭 글자를 따라 써 보세요.

무지막지한 마케도니아의 왕
알렉산드로스가 한 짓이에요.

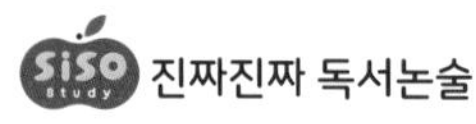

4장 고르디아스의 매듭 글자를 따라 써 보세요.

예언에 귀가
솔깃할 수밖에 없었어요.

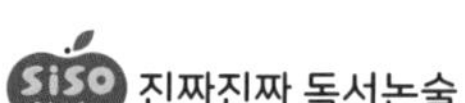

4장 고르디아스의 매듭 글자를 따라 써 보세요.

우리 프리기아까지
단숨에 밀고 들어왔어요.

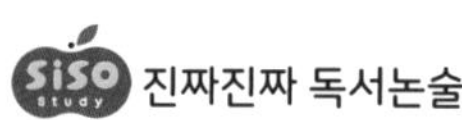

4장 고르디아스의 매듭 글자를 따라 써 보세요.

싸움은 보나 마나
지게 생겼지요.

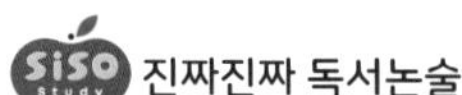

4장 고르디아스의 매듭 글자를 따라 써 보세요.

사바지오스 신은
꿀 먹은 벙어리였어요.

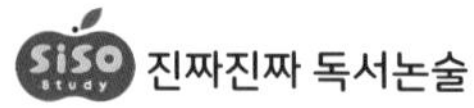

4장 고르디아스의 매듭 글자를 따라 써 보세요.

그렇게 영악한 줄은
미처 몰랐어요

siso study 진짜진짜 독서논술

4장 고르디아스의 매듭 글자를 따라 써 보세요.

왕은 비장한 표정으로
동전을 높이 던졌대요.

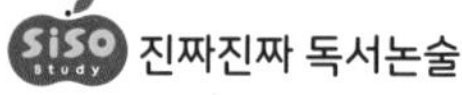